亦看花开

边人 著

人民东方出版传媒
东方出版社

图书在版编目（CIP）数据

亦看花开 / 边人著 . -- 北京 : 东方出版社，2018.7
ISBN 978-7-5060-9466-5

Ⅰ.①亦… Ⅱ.①边… Ⅲ.①散文集－中国－当代
②小小说－小说集－中国－当代 Ⅳ.①I217.2

中国版本图书馆 CIP 数据核字（2018）第 112125 号

亦看花开

（YI KAN HUA KAI）

责任编辑：邹　蒙
出　　版：东方出版社
发　　行：人民东方出版传媒有限公司
地　　址：北京市东城区东四十条 113 号
邮　　编：100007
印　　刷：北京汇林印务有限公司
版　　次：2018 年 7 月第 1 版
印　　次：2018 年 7 月第 1 次印刷
开　　本：787 毫米 ×1092 毫米　1/16
印　　张：13
字　　数：192 千字
书　　号：ISBN 978-7-5060-9466-5
定　　价：45.00 元
发行电话：（010）85924663　85924644　85924641

代序
……

阳光静好，出租车在上海并不拥堵的车流中穿行，思绪却停留在昨晚的小聚。

几位同学一起激烈地争论着新书的名字。"亦看花开，来时的路．春哥的鼻子……"在我提供的几十个名字中，最受欢迎的是"亦看花开"，于是敲定了新书名。

"漫咖啡"里的客人逐渐离去，敞开的玻璃大门灌入一阵清冷的风。我把玩着手中的半杯红茶，思绪飘忽不定。

长路漫漫，迷雾重重，挣扎在生活的苟且里，也总有喘息的时侯，记起儿时的原野与星空，我们还有梦！在繁杂尘世，再不堪，也心存美牙，偷得一片闲暇，且煮清泉，亦看花开！

按时登机后，在靠窗的位置坐下，我才长吁了一口气。暖暖的太阳照在身上，眼皮开始沉重。直到空姐分发食物，我才从迷糊中醒来。

窗外是层层叠叠的白云，头顶的液晶屏正播放着喜剧节目。剧－总把女孩名字搞混的老父亲搅黄了儿子的第九任女友，儿子狂躁不已，在疯狂撕去墙上照片的时候，发现了一组老照片。

老父亲看着照片，语言变得流畅起来。

"这是你六岁的时候第一次带你去公园……这是你七岁的时候掉了第一颗牙……这是我写给自己的信，怕自己有一天忘记了那些年爸爸和你开心的时光……”患有失忆症的老父亲对当年的情景如数家珍，又将一个红红的苹果递给儿子，“每次你吃苹果都很开心。来，别生气了，吃个苹果就好了。”

儿子啃着苹果，眼泪吧嗒吧嗒往下掉。老父亲却绽放出孩童般的笑容。

我们都会老去，或许，我们也会忘记。

当我们记不起曾经美好的时光，记不得来时的路、沿途的风景、同行的人，心底是否只留下一片苍茫与荒芜？

在喧嚣的道路上前行，常常思念来时的过往，然而，谁都已不在原地。

“讲述心中的故事，记录生活的美好！”若是将来能一篇一篇记录下曾经的芳华，倾诉对家乡、对亲人、对朋友的思念，自然是好的。

倘若暂时还做不成，就默默地珍藏那些美好，轻轻地道一声珍重吧！

前行抹不掉过往，来时的路，总在梦里蜿蜒……

边人

2017 年 12 月 24 日于北京

目 录

第二章
与你同行

| Chapter Two

第一章 ——

CHAPTER ONE

彼时明月

上车前，我紧握着父亲的手，千言万语化成一句『保重身体』。

车缓缓前行，平桥越来越远，回望远处雾气萦绕的东山，泪水模糊了双眼。

故乡，越来越远。故乡啊，回不去的故乡！

美味夏日

儿时最期待的，自然是暑假。因为期末试卷一领，就可以尽情享受几乎整个夏天了。

父亲会早早地给我们做好暑假"劳动改造"计划：早上七点起床，去地里干活，九点回家吃饭，饭后劳动一个小时，就等着太阳下山再劳动一个半小时。他给每个人分配不同的任务，如果手脚快，一天的工作上午就可以完成。

也不是所有人都需要去地里。比如我最小，常常受到特别照顾，留在家里做饭。而二姐一般会选择打猪草喂猪。放牛则是二哥最喜欢的工作。这么一来，真正下地干活的劳动力就只有父母和大哥、大姐。

做饭也不是一件容易的事，我常常对着光冒烟不见火的土灶泪流满面。有时大家又饿又累、满怀希望地回来，看着我做的一锅夹生饭又好气又好笑。

大哥是严厉的："饭都做不好，你能干啥？"

而大姐总会好言安慰我，并动手帮忙。灶台太高，我不得不站在小板凳上。"好了，可以放盐了……记得放点蒜……"往灶膛里投着柴火的大姐不时提醒我。

好强的个性让我想尽各种办法把饭烧好，期盼有一天他们都夸我手艺不错。慢慢的，我喜欢上了一勺在手煎炒焖煮，摆弄出各色菜肴的奇妙体验。

父亲曾走南闯北，见多识广，也造就了一颗傲娇的心。早饭过后小憩的时候，他会摆出象棋，对我和二哥说，谁赢了我，今天就可以休息。如是我和二哥轮番上阵，绞尽脑汁，偶尔赢得一盘，便欢呼雀跃地奔楼上看书去了。

田间劳作，挥汗如雨是免不了的。其间父亲会给我们讲许多奇闻逸事，以及"想当年"他行走江湖的英雄事迹。无非就是洞庭湖独战地痞、土匪窝要回订货金、计划生育智斗大队长等。

劳动结束了，父亲和大哥去田埂上的草丛下抓青蛙。

天热的时候，绿皮的、褐皮的大青蛙最喜欢躲在草丛里乘凉。抓到的青蛙用一根细的树藤串起来，一个小时左右，午饭时又多了一道美味。

我和二哥最热衷的，是去村里的各个池塘摸田螺。

找一个水桶，半浮在水面，脱得只剩一条三角裤，跳进池塘，一个一个石缝掏过去，不时扎个猛子把脚踩到的田螺摸上来。太阳在头顶炙热地烤着大地，池水却是温热的，踩着厚厚的淤泥，水面冒起连串的水泡。被扰了清静的草鱼和鲢鱼偶尔跃出水面表达它们的不满。

水桶快装满时，在父亲的催促下，我和二哥提着战利品，带着满身青灰色的泥巴，去村里的水井边，把田螺和自己洗得干干净净。

田螺或者青蛙，先用猪油爆炒，加上生姜、花椒，再采一把屋后的紫苏叶，出锅前放进去，那味道，香到让你忘记所有美食。

如果硬要说还有更美味的菜，那就是血鸭。

母亲通常会在暑假还没到时，买几十上百只小鸭子，每天悉心照料，当我们放暑假人到齐了，鸭子正好到了换毛的时候，一斤七八两的样子。于是从小习武的大哥，会在清晨徒步三公里，去镇上买两斤五花肉，回到家时我和二哥刚揉着蒙眬的睡眼起来，大姐和二姐已经帮着母亲把杀好的鸭子收拾妥当。

家里人口多，一只鸭当然是不够的，一次两只才勉强够。将剁成小块的鸭肉与切成片的五花肉用大火煎到微黄，再把凝固成豆腐状的鸭血倒进去，加生姜、大蒜，以及新上市的青椒，大火焖十分钟即可。

菜还没出锅，我们几个就围在灶台边，趁母亲不注意，从锅里捞一块，吹几口气，急不可耐地塞进嘴里。

鸭头、鸭胗、鸭肠、鸭掌，他们轮着吃，鸭腿却是我和二哥的特权。我会把鸭腿放在旁边的碗里，先吃其他的鸭肉。

七八口人吃饭的情景非常壮观，不用强调"食不言"的教条，大家自觉埋头苦干。只听沙沙一片，两个大海碗堆成小山样的鸭肉很快消失，只剩下辣椒、五花肉和半碗油，这时我才开始慢慢享受鸭腿。

"下次必须先吃鸭腿！"大哥看着我，狠狠地说。他一面等着我把肉啃完，再把还有肉筋和软骨的鸭腿骨要过去，在油汤里一滚，连肉带骨头全嚼了下去。从此，他有了一副好牙口。

吃，是学生时代的暑假最重要的主题。五个孩子看着喜人、惊人的饭量却常常愁坏了父母。夜深人静的时候，偶尔会听到他们讨论第二天吃什么，还有间或的叹息。

暑假通常白天漫长，天气炎热。中午前后，我最喜欢的事情，就是窝在二楼的卧室里，光着膀子，搬一摞书，坐在八仙桌前，细细品读。也会学着二哥的样子，找一个笔记本，把优美的句子摘抄下来。

屋子的角落里，一个四层的书柜，满满当当全是中外名著，以及《读者》《海外文摘》等，它们大多数是二哥用省下的生活费从旧书店淘来的。

这几个小时，是最安然恬静的，没有人会打扰我们。

大哥除了打沙袋就是睡觉，大姐和二姐躺在隔壁房间说悄悄话。只有窗外"苦粒子"树上的知了不时发出尖锐的长鸣。

看书看得饿了，就跑到一楼饭桌前，捞一筷子间或有些五花肉和鸭血的辣椒，任油水从嘴角流下。若是不怕麻烦，生个火，舀一碗米饭，用夹杂着血鸭的辣椒油炒了，会是最美味的炒饭。

暑假的傍晚，是舒适的。大哥带着二哥和我，穿过田间小路，去河里洗澡。在下水之前，大哥会打上一套拳，再表演几个高难度动作，然后开始试图训练我俩。通常我挨一下疼得龇牙咧嘴就不肯再练，二哥闷不吭声，常被练得青一块紫一块。

练得累了，三个人就坐在沙滩上，漫无边际地聊天。

"我要把那山头推平，以后开直升机回来就有地方停了。"大哥指着河对岸说。

他说得最多，我和二哥偶尔才说上几句。

二哥最牵挂屋前屋后栽的牵牛花和百合，我则想着县城之外是什么样的世界。

明月当空，繁星如织，夏日凉风徐来。我们集中在屋前的平地上，一张草席，两张竹凉床，三个板凳，四五把蒲扇，听父亲讲故事。

他讲故事还是老套路，大体分两类，一类是《三国演义》《薛仁贵征西》等书里的，一类是他自己的逸事。他声音洪亮，言语神态丰富，故事从他嘴里讲出来，跌宕起伏，精彩动人。

听了几十遍的他在会同山上做裁缝、新疆淘金、村里买牛的故事，每一次再听，还是津津有味。其中村里买牛的故事，出场率最高。以至于后来大姐夫打趣父亲："您这个故事我都能倒背如流了。"但每年暑假，我们还是照样会听上一两遍。

多少年没有听父亲讲故事记不得了，血鸭的味道仍在记忆深处飘荡。再次关注暑假，自然是孩子上学后。

"暑假去哪玩呀？"这是微信上出现次数特别多的问话。

读万卷书和行万里路同样重要。整块的时间变得非常珍贵。积攒下来的公休假，自然要在暑假带上永远精力充沛的小屁孩亲近大自然。

偶尔想起父亲的故事，想着带孩子回去听爷爷讲故事，却一直没成行。

在孩子的世界里，可能没有诗，但是有远方。那么，家乡呢？当他们抬头仰望，星空还是那片星空，只是不复我儿时的模样。

房前屋后

老家门前的空地上，有一棵板栗树。水桶粗的树干直耸入云，外面凹凸不平的树皮粗糙干燥，像极了奶奶脸上的皱纹。

每年秋天，一个个周身是刺的板栗球慢慢裂开，露出栗色的板栗，夜风一吹，熟透了的板栗会掉落下来。

深秋的早晨，如果有一样东西能让我从温暖的被窝里爬起来，那就是板栗。

天还没亮，我就拿着手电筒，去板栗树下寻宝。或扁或半圆的板栗，调皮地躲进草丛下、石缝里。每次发现一个，都抑制不住欣喜，急忙伸手过去，将冰凉的板栗握进手里。待手心的板栗握得温热了，再摊开来，吹吹上面的灰，小心地放进口袋里。

孩子的世界很简单，一颗板栗到手，就像得到了整个世界。

丰收的时候，一天能捡到十几颗。也有只捡到三五颗的时候，心情却并不沮丧，默默安慰自己明天会更好。

将捡来的板栗放进一个竹篓里，挂在二楼的屋檐下，在秋风中轻轻摇摆。待果肉慢慢失去水分，拿起来摇一摇就能明显感觉到晃动了，才如珍宝一般，剥开硬壳，去掉一层褐色的薄皮，黄白的果肉整个儿呈现出来。

一整颗板栗放进嘴里是舍不得的，要小口小口地咬了，细细地嚼，慢慢地咽。甜甜的果肉，透着清香，细滑而富有弹性。吃上两颗，心情愉悦而满足。

上学的时候，偷偷揣两三颗放进书包里，上课也会悄悄伸手进去，握在手里，轻轻摩挲。下午课间，满心欢喜地跑到操场边上，享用着美味。

老家屋后，有几个山丘，最近的一个山丘上长着大片毛竹。

翠绿表皮的竹子，自然是当年才生长出来。年岁大的竹子，已逐渐长成黄色。暑假里，父亲会把做竹匠的姑父请过来，新做或者修补竹帚、箩筐等各种用具。随着竹节清脆的声响，竹子在姑父手中变成薄薄的竹片，薄得像树叶的竹片在他手中翻飞，变出一个个散发着竹香的器具。

紧要的器具摆弄完了，我通常会央求姑父多做一个竹凉床或者竹椅。崭新的竹凉床，夏天傍晚搬出去乘凉，可是让小伙伴很眼红的事。

寒假里万物萧条，竹叶却仍在寒风中摇摆着青翠的叶子。我和二哥扛把锄头，按照大伯教的方法，寻找竹叶茂密的竹子，在竹叶伸展的方向卖力挖。土里石子多，不时溅起火星。汗水湿透了秋衣，脸颊热得发烫，但只要偶尔挖到一两根竹笋，收获的喜悦就会把疲惫淹没。

晚饭前提着小半篮冬笋回家，母亲笑着说，可以给我们加一道竹笋炒肉（老家一般用竹枝打小孩，既疼又不伤筋骨，美其名曰"竹笋炒肉"）。父亲看看被我们挖得参差不齐的锄头，狠狠地骂了一回。

饭桌上，父亲阴着脸，我和二哥不敢作声，埋头猛吃，把一大碗冬笋炒腊肉吃得干干净净。

屋后的山谷里有几片菜地，栽着几棵橘树。为了让在县城上学的大哥大姐吃到新鲜的橘子，每年摘橘子的时候，父亲都会留下一整树的橘子，任它自然生长。

寒假大哥大姐一回家，我就会拉着他们去看。金黄的橘子在树枝上招摇，分外诱人。熟透了的橘子，清甜可口，我站在树下摘一个吃一个，能吃到打嗝。

屋后的山丘上，还生长着许多松树和杉树，树下葱葱郁郁长满了灌木，高低不一的山茶树点缀其中。

在每年三四月里，冰冷的风能把人的耳朵刮掉，却也刮来了一样美食。

山茶树新出的嫩叶，被冷风一吹，膨胀成厚实多汁的"茶耳朵"。新出的茶耳朵泛着紫色，肉嫩却略微苦涩。几天后，表面脱掉一层白色的皮，茶耳朵就变得晶莹嫩白起来。取一片放进嘴里，清脆的果肉、甜蜜的果汁，让人惊觉春天来临。

春姑娘的脚步犹未走远，山野田间还盛开着各色各样的花朵。鱼塘里的荷花探出几支花骨朵。平日里令人嫌弃的荆棘，变得可爱起来。

一颗颗由极小颗粒堆砌起来的野果，挂上荆棘的枝头。小伙伴们奔走在熟悉的山脚田边，查看着被我们称为"泡"的野果。

哪里的"泡"黄了，哪里的"泡"就要红了，上学路上小伙伴们都要相互打探一下。但在某个秘密的角落，几树"泡"正悄悄滋长，这是儿时的我很大的秘密了。

周末的午后，我会拉着二哥一起去品尝我私藏的"泡"。大大小小的"泡"，青青的，黄黄的，红红的，缀满一树荆棘。挑大个的熟透的"泡"摘下来，装进兜里，回家路上，不时掏一颗放进嘴里，酸酸甜甜，雀跃欢欣。

"要不要去看看我的'泡'？"二哥神秘地问。

"当然要的！"

从此，各自珍藏的"泡"不再是秘密，只是到了来年，又要费尽心思去寻找只有自己知道的野果了。

老家门前，稍远的地方是一片一片的水田。

夏天的时候，成片的水稻逐渐变得金黄，沿着辰河边伸向远方。

找根钓鱼线，一端系上一小块棉花，另一端系在一根竹枝上。再用竹片弯成一个圆，把蛇皮袋的口撑开固定在竹片上。一套钓青蛙的工具就有了。

将系在竹枝上的棉花伸进稻田里，轻轻地上下抖动，在青蛙的眼里，就是一只飞舞的虫子。大小不一的青蛙汇聚过来，对着飞舞的"虫子"垂涎不已。几经观察试探，心急的青蛙就蹦起来，张开大嘴。

青蛙咬住棉花的瞬间，右手猛地往上提，同时握着蛇皮袋的左手快速伸将过去。半空中回过神来的青蛙悔恨地松开嘴，紧急降落，然而等待它的是肚大皮薄的蛇皮袋。

穿着长袖、戴着草帽的小伙伴，在金黄的稻田里辗转流连，夕阳将他们的影子拉得老长老长。

老家的村子里有几棵桃树和李树。

夏天还没过去，大伯家早熟的李子已经泛出淡黄。

上学路上要经过大伯家。层层叠叠的李子，注视着我们在周远游走，在茂密的枝叶里冲我们做着鬼脸。每天上学放学的时间，大伯都会揸着碗口粗的木棍坐在大门口，虎视眈眈地审视每一个从旁边经过的小毛孩。

大哥喜欢独来独往，二姐由于弱视晚上不出门，二哥比较看重忠实本分的名号。那么，能陪我一起去偷李子的，只有大姐了。

从小就用背带背着我玩耍的大姐是经不住我苦苦央求的。于是待家人入睡以后，大姐悄悄过来摇醒熬不住睡意的我，拉着我的手，蹑手蹑脚出了门。

手电筒是不能用的。好在月光如洗，熟悉的道路越发清晰。

快要走到李树下时，我的心跳已经不受控制，紧张得呼吸困难。

"要不我们回去算了。"我忐忑不安。

"来都来了，干吗回去！"大姐小声地责备我，"明天你又要吵着出来了。"

于是我鼓起勇气，摸索着爬上李树。当圆润细滑的李子攥在手里时，紧张的心情才平复下来。

周围没有一点声音，平日里鼓噪的蟋蟀都停止了歌唱。我似乎听到大伯沉闷的呼噜声。

越往上的李子个头越大，我一把一把地摘下李子，递给树下接应的大姐。

"好啦，赶紧下来！"两个衣兜装满时，大姐在树下催促。

又摘了两把，我才恋恋不舍地从树上滑了下来，顾不得检查火辣辣的手臂是否受伤，就紧跟着大姐的脚步往回家的路上飞奔。

　　路过村里的水井时，我跑到井边，将几个李子洗净，美美地吃了起来。

　　"真好吃！"我看着还一脸不安的大姐说。

　　"比风干的板栗还好吃吗？"大姐瞪了我一眼，"没有下次了！"

　　好吧，夏天很快就会过去，板栗又要成熟了。

杀猪菜

秋分，天气凉爽。

去顺义的路有点堵，小枕头和祺祺两个小屁孩在车里闹翻天，叫作"蹦蹦"的小狗却安静乖巧地蜷在座椅前方。

当道路两边的垂柳越发密集，放下车窗，清凉的风便吹了进来，夹着青草的味道。

停好车已将近十二点，农场的小刘热情地迎了过来，径直领着我们走到厨房和工作间之间的一块空地。

几张长桌摆上了几个不锈钢盆，大骨头汤、小炒肉、清炖肥肠、红烧肉，外加两道蔬菜，让人食指大动。

祺祺看到搭配鲜艳、香味扑鼻的菜肴，一边喊饿，一边赶紧去洗了手端坐在长椅上。小枕头却是对迷你台球产生了浓厚的兴趣，玩了好一阵才过来。

取一个大碟子，每样菜舀一点，再打一碗骨头汤，就可以享用丰盛的午餐了。

几只土黄狗在周边游走观望，阳光透过琉璃瓦温柔地铺满桌椅，农场员工安静有序地打了饭菜默默地吃着，远处自由散漫的藏香猪嬉戏声不时传来。

饭刚吃完，嘴还没擦，孩子们就去果树下撒欢了。一会儿捧着几颗板栗过来，一会儿摘了两个苹果过来，却并不吃，只是享受那收获的喜悦。

叶子不多的柿子树，挂满了橘黄色的柿子，分外喜庆。农庄茂盛的豆角爬满了木架，老得发白的豆角坠得密密麻麻。树林里的吊床上，昨夜的落叶还未清理，秋千犹自在秋风中晃荡。用铁丝网围起来的兔子们，顽皮地从篱笆下打了许多地洞，逃得一干二净，让小朋友略微失望。

当小猪仔们欢快地奔跑，土地上扬起一阵灰尘，小朋友兴奋得大喊大叫起来，在阳光下不知疲倦地追逐着猪群。小猪仔们被追赶进草丛深处，萌呆呆地从草丛里探头出来，望着几位不速之客。猪妈妈露出大嘴气势汹汹地扑将过来，小枕头和祺祺才飞也似的跑来躲在我身后。

一个大铁锅的水已经烧开，抓好的猪用铁丝捆了四只脚。哭着喊着要看杀猪的小枕头，脸色发白地盯着工人的一举一动，最后还是害怕地用双手捂住了眼睛。

即使走开老远，害怕的情绪还在继续。只当草丛里的蚂蚱蹦起老高，并不怕人地往裤脚上爬时，孩子的注意力才重新转向生机勃勃的田园。

当我们在挂满腊肉的凉棚下啃着刚摘的苹果，另一边几位工人开始在工作间熟练地分割，肥肉、瘦肉、五花肉、排骨、猪下水被分门别类，真空包装。祺祺妈妈欣喜地看着晶莹剔透的五花肉，连连叫好，不时拍几张照片。

凉棚前面的一块菜地，种着大蒜、生姜，菜地边缘，是一茬一茬茂盛的紫苏。我从未见过那么高的紫苏，伸展的枝叶感觉快要抵达房顶。

我向小刘要了一个塑料袋，挑嫩的紫苏叶子摘了半袋。

夕阳西下，我们将满满两大筐封装好的猪肉抬上车。"蹦蹦"从半睡半醒间回过神来，开始呜呜叫唤，也许它回家的心情比还在地里疯跑的两个小孩更为迫切吧。

回城的道路大多数时候畅通，只在四季青桥附近拥堵了一阵。玩得累了的小枕头和祺祺已沉睡过去。

到家时，小区各个窗户飘出菜香。

分拣和装冰箱花了大半个钟头，再把板油熬好装进砂锅里，已是没精力去大张旗鼓地张罗饭菜，于是简单炒了一个五花肉，算是先品尝一下。品尝过后，却没忘给还在长春出差的大哥发去信息，提醒他周日来吃饭。

周日，大哥从机场回家放下行李，就背了几支红酒赶了过来，路上告诉我把猪肠洗净等他来烧。兄弟姐妹几个都得了父亲的遗传，一个比一个爱烧菜。

当我炒好一盘小炒肉和一盘莴苣，大哥已经到了。他放下红酒，拎着一罐泡椒径直进了厨房。

猪肠先不放油，用中火摊一会儿去掉水分，另起油锅，放花椒和生姜，再将猪肠放入煎炒，放生抽，随后放泡椒，倒适量啤酒大火翻炒，放盐，最后放拍好的大蒜和切碎的紫苏。

大哥也习惯两个锅同时开工，当猪肠出锅，另一锅的烩猪血也长完工了。

四道菜摆上桌，倒小半杯红酒，就可以开吃了。

虽同在北京，离得也不远，但与大哥相聚并不多。

碰了一下杯，小啜一口，醇厚的果香溢满口舌。夹一块微微焦黄的小肠，松爽筋道，混合了家乡泡椒的咸辣，正是记忆深处的味道。

聊着闲话，酒没下去多少，四个碟子却飞快地将要空去。

"大伯你很喜欢吃内脏吗？"小枕头扒拉着米饭，瓮声瓮气地问。

"喜欢呀！小时候爷爷家里杀猪，我们一大家人就是把猪肠、猪肚、猪血、猪肝烧几样，吃最新鲜的，我们老家叫作吃杀猪菜。"大哥摸摸他的小脸蛋，"你多吃点，多吃点才能练好功夫。"

小枕头打第一次见他开始就特别喜欢，总想着要练好功夫跟大伯一样厉害，因此每次见到他都会像跟屁虫一样黏着。

人生道路上，会遇到许多人，唯有家人，才如射线，即使投向不同的远方，但共同的原点，也会让彼此心意相连吧。

看着快要空了的碟子，我再回到厨房，异常迅速地炒了一个猪肝。

从切到炒十五分钟，即便同样拿手的大哥也不得不刮目相看。再尝了一片猪肝之后，他由衷地竖起大拇指。

"猪肝很容易炒老，你这个非常嫩，可得95分！"大哥端起酒杯，与我轻碰一下，"紫苏用得好，恰好盖去了猪肝的腥味！"

饭后自然是烧水泡茶，茶香里聊了聊彼此的近况，再给远在西安的母亲去了一通电话。

当话题重新回到茶时，窗外已是万家灯火。

我将给大哥准备的猪肉从冰袋堆里掏出来，装进他的背包，一直把他送到金沟河路口。看着他矫健的身影渐渐远去，我才慢慢往回走。

西四环依旧是车水马龙，高架上飞驰而过的车辆呼啸、喘息、鸣笛，城市的喧嚣还在延续。

老家此时应该已是一片静寂，月光下的辰河涓涓不息。

时光很快，分别的日子总被选择遗忘。

也许，来年共回家乡，还能再一起吃一顿地道的杀猪菜呢！

猪血圆子

春节过后一个周末，总算是把红哥和"30"哥约到。

来到小饭馆，把烧好的腊肉拿出来放在碟子里，煮熟的猪血圆子请老板切一下，再点两个当季蔬菜、一盘花生米，就可以开吃了。

虽同在一个城市，离得也并不远，但是同学几个都空闲的时候却不多。毕业十五年后，才重新建立起联系，平常大多数的交流，是在微信群里。要不是我说带了家乡的猪血圆子，估计这次还是聚不起来。

切好的猪血圆子泛着红红的油光，周围有一圈熏得漆黑的硬皮，镶嵌其中的肉粒膨胀开来，晶莹饱满。

等不及转桌，三个人同时站起身来，伸出筷子，夹一片还冒着热气的猪血圆子，美滋滋地嚼了起来。外焦里嫩的口感和熏货的独特香味让人味蕾大开。

一片猪血圆子吃完，再夹一块肥瘦相间的腊肉，吃得满嘴流油。

"这猪血圆子好！"红哥不由自主地伸出大拇指。

"比我上次从网上买的好吃太多。""30"哥说。

"我家自己做的。"我给了他们一个骄傲的表情，"给你们每人带了两个，回头记得拿。"

红哥和"30"哥眼放绿光，瞄了瞄门口的两个纸袋，忙不迭地端杯。

这确实值得共饮一杯。

虽然现在经济发达、网络方便了，随时都能买到家乡美食，但大批量制作的和自己精细制作的，口感还是有着很大差别。而自从奶奶去世后，母亲已经多年没做猪血圆子了。

吃着腊肉、猪血圆子，话题当然离不开家乡美食，即便是相关的一些场景，也从脑海里翻腾出来。

生活需要一些仪式感，而那些儿时向往的节日，在我们的生活中正逐步淡化。从前腊月的景象，已经在我的记忆里越发模糊，制作猪血圆子的场景，却深深地印在脑海里。

母亲通常天还没亮就起来，与奶奶一起推着洗净的石磨。泡好的黄豆从石磨中慢慢挤出来，豆汁夹着豆渣流入准备好的大木盆里。

我和二哥起床后，总想表现一下，接过石磨的柄，铆足了劲转，往往黄豆进去是什么样，出来还是什么样。

"推磨要不紧不慢，急不得。"奶奶笑着将我们赶走，慢慢悠悠地转起石磨。

母亲把家里最大的铁锅架上，烧大火将一锅井水煮开。磨好的豆子放入滚开的水里煮一阵，再倒入麻布包袱，过滤后的豆浆盛在一个大木桶里，按比例撒入适量石膏粉，就只需静静地等到新鲜的豆腐出炉了。

这一天早餐是不用准备的。当豆腐尚未完全凝结，奶奶就会喊我们过去。用大海碗舀上一碗热乎乎的豆花，撒一勺白糖，好吃得恨不能把碗舔掉。

凝固的豆腐还需要用包袱包住，压上石块，晾上几个小时。当夜幕降临，作为猪血圆子原料的豆腐才能准备妥当。

猪血通常是提前一天准备好的，凝结成块，放在大脸盆里备用。肉料最好取自猪脖子。猪脖子肉松软油多，经烟熏火燎不易干枯，能最好地保证猪血圆子的口感。

豆腐倒入大铁锅，剁成小颗粒的猪肉拌入其中，再慢慢加入猪血和食盐搅拌均匀。制作猪血圆子是一项技术活，肉加多少，猪血加多少，盐放多少，需要有充足的经验，还需要在做的过程中观察调整。

闲下来的婶婶奶奶们都会过来帮忙，围着铁锅或站或坐，聊着家长里短，

母亲通常天还没亮就起来，与奶奶一起推着洗净的石磨。泡好的黄豆从石磨中慢慢挤出来，豆汁夹着豆渣流入准备好的大木盆里。

原料在两手间挤、压、拍、揉，暗自比拼着手艺。

一个合格的猪血圆子是一个略扁的椭圆，紧致而软硬适中，表面无肉粒凸出。

父亲会把铺好松针的竹笼放在灶上，从大家手上接过做好的猪血圆子，小心翼翼地一个一个码得整整齐齐。当一个竹笼排满，就把它挂到灶台顶上的横梁上。

我和哥哥姐姐通常举着蜡烛或者煤油灯，站在周围打哈欠。只有当大人们开始神秘地八卦谁家荤事，才偷偷地竖起耳朵。

当所有豆腐都变成一个个白里透红的猪血圆子，母亲会从屋里端出一大盘橘子、花生、糖果，请帮忙的婶婶奶奶们吃，再闲聊八卦一番，才尽散去。

我们几个吃了糖果，也都洗漱睡觉，母亲和奶奶却还是不能睡的。她们要将所有的铁锅木盆洗干净，再生一堆火，用锯木屑盖了，看着青烟平稳升起，才放心睡去。

此后半月或者更久，猪血圆子在每日的烟熏火燎中，慢慢干燥，泛出油光，当用指甲已经难以掐破时，猪血圆子大功告成。

家里来客人的时候，洗两个猪血圆子，煮熟切片，装一碗，是一道主菜。嘴馋的时候，当米饭冒气，在饭上放一个洗好的猪血圆子，饭熟时把它掏出来，每人切一片，能下一碗饭。

回味着儿时的情景，三人感慨万千。

临别时，分别握了握手，"常回家看看。"只此一句最能表达此时的心情。

走在路上，还记得把拍的图片发到微信群里。

群情激奋的一定是中学同学，"深更半夜发这种虐心的图片，你在电视剧里肯定活不过两集。"广州的梅子说。

"我不饿，我不饿！"上海的舵主说。

嘉兴的丫丫则发了一连串歇斯底里的表情。

"下次过来带几个。"常州的莫莫回微信很慢。

反应淡漠的大抵不是邵阳人。在外打拼的家乡人，对于腊肉、熏鸭子、猪血圆子的那份挚爱，外人常常无法理解。尤其是外表丑陋、黑乎乎的猪血圆子，让人望而却步。

"好，到时你吃皮，其他的留给我。"我回莫莫说。

他发来一个大大的"滚"字。

我曾给江苏的同事朋友推荐它，大多数人都不感冒，少数几个小心翼翼地把周遭的黑皮去掉，小口尝尝暗红色的芯。

不过凡事都有例外，比如莫莫。

来自湖南桃江的莫莫，第一次见到猪血圆子是在他的出租房里。我把煮熟的猪血圆子和腊肉捞出来，将猪血圆子装在碟子里，放在客厅餐桌上，就忙着去切腊肉。当我切完腊肉出来找辣椒的时候，莫莫正盯着电视，手里握着一整个猪血圆子，外面的黑皮已经啃掉一大半。

宛如一道闪电将我击中，我呆呆地看着这个神一样的男子，一时找不到语言。

"怎么啦？"莫莫发现目瞪口呆的我，抬头关切地问。

"好吧，没事，你又赢了。"我说。

谁说猪血圆子不能光吃皮呢？想到这里，我不由得笑出声来。

带着那些曾经的记忆，残留着腊肉和猪血圆子的咸香，我走在空旷的街头，明亮的街灯将复兴路照得如同白昼。

糍粑

生活中的许多小细节从生命的长河淌过，长久地停留在记忆里。

中学语文老师刘胜保喜欢戴一副茶色眼镜，斯文儒雅，讲课总是不紧不慢。我喜欢他的原因，主要有两个，一是他曾做过我大哥的班主任，二是他喜欢把我的作文作为范文朗读。

他讲课文讲得很好，总是将我们带入文中，有如身临其境，然而他最擅长的还是侃生活趣事。在我们看来稀疏平常的日常活动，从他嘴里娓娓道来，绘声绘色，竟似蒙上了一层诗情画意。他曾跟我们说喜欢看杀猪，每年腊月，总要去夫人所在的村子看。

杀猪的场景被他讲得引人入胜，此后的很多年里，想起来还觉得很是有趣。但是在准备年货的各项活动中，我更喜欢的还是舂糍粑。

腊月二十左右，母亲会起个大早，把泡了一个晚上的糯米装入一个特制的木桶里，放在大铁锅上蒸。

吃过早饭，香软晶莹的糯米饭蒸好了。顾不得已经滚圆的肚子，我总是要用凉水湿了手，去抓一把热腾腾的糯米饭，一边吹着气，一边狼吞虎咽。

团箕（竹片编织而成的圆形器具，直径两米以上，有高约半尺的边）架在两个长板凳上，里面撒了一层干米粉。石舂和舂把早已洗净，放在堂屋里备用。

石舂是用坚硬的石头雕琢而成，中间挖出光滑圆润的一个深坑。舂把是一对两米长短的硬木，两头粗，中间细，粗的直径约 20 厘米。

提前打了招呼的平叔过来帮忙，与父亲一道，将一盆糯米饭倒入石舂里，两人各握一根舂把，双手高高举起，再用力舂向糯米。一人舂完，用力压着糯米，另一人才高举重捶。如此往复，交替进行。

随着"嘿哟——嘿哟"的口号，沉闷的冲击声连绵不绝，冒着热气的糯米在石舂里冲击、挤压、翻滚，逐渐消去了一粒一粒的形象，融合成白花花的一团。

舂糍粑不光是体力活，还需要两个人配合默契。我摩拳擦掌失求了好多次，父亲才把舂把递给我。上去凭蛮力舞动几回舂把，往往不得其法，不是舂在石舂边沿木屑四溅，就是被糯米团粘住了拔得面红耳赤，几下就快快退下阵来。

"读到高中的人了，舂把都不会用！"父亲不屑地从我手中接过舂把。

"这个……"我讪笑着，"老师没教过！"

刚刚举起舂把的父亲扑哧一声笑，泄了气，笑骂几句，才又重新挥舞起舂把。

待糯米团表里如一、细滑黏稠，父亲和平叔手中两个舂把交叉，大喝一声"起"，同时举起，将整团糯米掏将出来。

早就等在旁边的母亲，赶紧用抹了茶油的棕绳勒住舂把，旋转着往下拉，逐步将舂把上的糯米团刮下来。一群帮忙的姑娘媳妇就开始忙活起来。

糯米团用双手一卡，鹅蛋大小的米团挤出来，一拧一揪，成为一个独立的小团。母亲飞快地揪出一个个小米团，丢在团箕里，边上的人便拾起一个，用手揉揉圆，再拍拍扁，最后按在木刻的模型里。

模型用硬质木板做成，每块木板上雕着三四个圆，深约 1.5 厘米，直径约 12 厘米，底部雕刻着花鸟虫鱼各种图案。

一块模板压满了，再摆上一块模板，摆到八九块时，才将最底下的模板取出来，在早已洗净的木门板上轻轻一磕，印着精美图案的糍粑就呈现在眼前。

随着一个个温热的糍粑整齐地排满门板，春糍粑的活动接近尾声，帮忙的人们才有工夫将剩下的糯米团揪一小块，塞给周围打闹玩耍、眼馋了许久的小孩们。

排满糍粑的门板上会盖上一块麻布，放到阴凉通风的楼上房间。若是想再点缀一下，可用雕了梅花图案的小印章，趁着余温，在糍粑的正中间盖上一朵红艳艳的小花。等余热散去，一个个通体嫩白的糍粑就定格成美丽的图案了。

腊月里，谁家老人过寿或者添丁，不一定会大摆宴席，但是如果连糍粑都不发几个，就会落下话柄。

过年春糍粑，是几乎每一个家庭都要进行的仪式。

晾干的糍粑，一摞一摞码在大瓷缸里。去亲戚家喝喜酒，去舅舅家拜年，在众多的礼物中，糍粑总占有一席之地。谁家糍粑做得多，做得好，也会在坊间流传，是很有面子的事。

腊月是繁忙喜庆的，大人们常常顾不上弄午饭。取几个糍粑，用猪油煎得软糯，根据喜好放点盐或者白糖，既解馋又充饥。

如果怕油腻，就烧一锅水，将糍粑切成小方块，当糍粑浮在水面翻腾三五分钟，就可以出锅。软到粘牙的糍粑，就着原汤，通常能吃到打嗝。

我最最喜欢的吃法，当然是煨！

在农村长大的人，才能真正理解这个字的含义，并对它饱含深情。

煨，当然是在灰里。

在还烧着柴火的灶里，将糍粑小心地立在离明火稍远的灰中，把尚闪着火星的灰烬扒拉过来，置于糍粑周围。粉白的糍粑逐渐变了颜色，慢慢变面呈现出嫩黄，再到焦黄。用火钳小心地夹着糍粑，不停地滚动、翻面，尽可能让它各处受热均匀。糍粑会慢慢由两面膨胀起来，宛如一个小鼓。

将小鼓样的糍粑夹出来，吹去表面的浮灰，用筷子轻轻一捅。

哧！鼓胀的糍粑喷出一道热气，瞬间瘪了下去。

掰一片焦黄的糍粑，放进嘴里细细地嚼，唇齿留香。用筷子探入糍粑的中间，轻轻一搅，软糯的糍粑被掏出来，冒着热气，入口香软筋道。

在快要掏空的糍粑里加点白糖，热量让白糖很快融化，用筷子觉了腻着糖水的糍粑，吃到嘴里，甜在心头。

外焦里嫩的糍粑，里外味道各有不同。如果说里面软的是主食，那糍粑外面焦黄的部分就算是饭后甜点了。拿着它，悠闲地在门前游荡，看东家杀猪，看西家宰羊。时不时掰一块放进嘴里，细细品味，怡然自得。

在寒冷的日子里，烧一盆木炭，宅在家里读读闲书，也是一个不错的选择。看书看得饿了，拿一个糍粑，就近放在火盆的边缘，偶尔翻动一下，很快就能吃到香喷喷、热乎乎的糍粑了。

再从屋子的竹筐里取几个椪柑，慢慢品尝。冰凉的椪柑清甜可口，伴着糍粑的清香，看似不相干的两样食物奇妙相遇，别有一番滋味。

太阳早早落去，炭火将粉白的土墙映得火红，嘴里尚存糯米和椪柑的混合香味，读着书，恰是一番好时光！

捉泥鳅

"大哥哥好不好，咱们去捉泥鳅……"超市门口的摇摇车不停地播放着儿歌。

已经走到前面的小枕头折返回来，走到喜羊羊形象的摇摇车跟前，伸出手摸了摸，甚是欢喜。

"爸爸你能给我一个硬币吗？"他抬头问。

"不能。"我略一犹豫，还是拒绝了，"你已经是二年级的小学生了，摇摇车是小宝宝坐的。"

"好吧。"小枕头毫不掩饰自己的失望，过来牵了我的手，"那我给你唱这首《捉泥鳅》吧。"

没等我回答，他就哼唱了起来。

"池塘里水满了，雨也停了……"

清脆的童声响在耳边，夕阳将永定渠镀上一层金色，凉风起时，柳树又开始展示曼妙的舞姿。而思绪，早已飘向遥远的家乡。

当水稻收割殆尽，田野只留下碉堡般的草垛。秋高气爽，田埂上新冒出野草的绿色将苍茫的田野分割成条条块块。那时，最想做的事情，自然是光着脚丫，拎一个小桶，奔向那片潮湿的土地，去寻找躲在水稻根下的小精灵。

稻田在收割前已经晾得半干，只有中间交错几条小水渠尚流淌着浅浅的水。透过清澈的水，偶尔可见一两个或圆或扁的小洞，用手指小心翼翼地沿着洞口探进去，如果运气好的话，很快就能触摸到细滑冰凉的泥鳅。

此时需要双手并用，又快又准地将泥鳅连同湿软的泥巴一把捧起。

油光发亮的泥鳅在手上钻来钻去，偶尔蹦跶几下，将泥星溅起，飞向人的脸和衣襟。

收获的喜悦会让人顾不得擦去脸上的汗水与泥巴，望一眼小桶里吐着泡沫的泥鳅，心中只想找到下一个目标。

通常，哪块田的哪个位置泥鳅比较多，小伙伴们都是知道的。在"传统"泥鳅集中的区域，我会一个一个稻根拔过去，或者干脆两手张开，一片一片泥巴翻过去。青背白肚的泥鳅懒懒地躺在那里，还没回过神来，就已经进了我的小桶，惊慌失措地与诸多同伴共叙衷肠。

脚踩在泥巴里，腰一直弓着，不时遭受大个头的蚊子和黑黄相间的牛虻袭击，不得不说这是一项苦力活。但我常常乐此不疲，直到父亲洪亮的声音越来越严厉，我才依依不舍地上了田埂，去水井边洗净手脚。

一下午的战利品也就三四两，如果用猪油煸了，炒半碗红辣椒，勉强算一道菜。当它端上桌时，我把最大的泥鳅夹给母亲，然后喜滋滋地看着众人品尝，热切地希望得到一两句夸赞。

相比之下，扎泥鳅就要轻松得多。

清明过后的夜里，青蛙已经迫不及待地唱响了迎接夏天的歌谣。均匀撒在精细泥土里的水稻种子，已经葱葱郁郁。蛰伏了一个冬天的泥鳅，通体嫩白，趁着夜色，羞答答地出来幽会了。

父亲把废旧的雨伞钢丝剪成15厘米左右长短，将一端在磨刀石上慢慢磨成尖锐的针，一排八九根钢针固定在一根松木棍子的顶端，扎泥鳅的工具就宣告完成了。找一个旧的油漆罐，挨着顶端沿着罐体均匀地打四个孔，穿上棉灯芯，用细铁丝吊起来挂在另一根木棍上，配套的照明工具也就有了。

晚饭过后，二哥和我换上长筒靴，拎一个铁皮桶，油漆罐里装满煤油，将四根灯芯点燃，就可以在大家的护送下出征了。

透过清澈的水，偶尔可见一两个或圆或扁的小洞，用手指小心翼翼地沿着洞口探进去，如果运气好的话，很快就能触摸到细滑冰凉的泥鳅。

走在熟悉的田埂上，煤油灯将田野方圆两三米照得透亮，白白胖胖的泥鳅在清澈的水底格外显眼。泥鳅往往是一条不规则的直线，扎子上的钢针也排成一条直线，两条直线相交，垂直角度扎下去，成功率最高。

　　随着扎子猛然入水，平静的水面分割开来，水花飞溅。只听周围哗啦哗啦一片，原本静寂悠闲的泥鳅，或是逃窜或是钻进泥里。

　　当扎子露出水面，扎在钢针上的泥鳅扭曲挣扎，用手顺着钢针一捋，准确地落在铁皮桶里。

　　扎泥鳅的人需要左手举着煤油灯，右手拿着扎子，在享受乐趣的同时，手臂也会酸痛，而另一个提着铁皮桶的人要轻松许多。但我和二哥还是会争着扎泥鳅。于是我俩总是一个人失手之后，另一个嚷嚷着："你看你看，又跑了一条大的吧，让我来，让我来。"如此反复更替，也不觉得累了，只想下一次自己要扎到一条更大的泥鳅。

　　碰到黄鳝，通常是不扎的，只伸手过去，猛地抓住了往桶里一甩，就可捕获。却也有看走眼的时候。有两次错把水蛇当成黄鳝，扑将过去正要伸手，二哥一声断喝，"蛇，是蛇！"吓得我连滚带爬上了田埂。

　　夜里十点，基本把离家近的水田转了一遍，满足地掂了掂桶的分量，遗憾地讨论着跑掉的那条最大的泥鳅后凯旋。

　　月亮仍挂在缀满繁星的天空，猫头鹰的叫声特别悠长。

　　大姐和二姐睡了，父亲夹着一闪一闪的烟头坐在门前的板栗树下，母亲在厨房里生火洗锅。

　　扎来的泥鳅不能放，洗干净放入铁锅，加些许猪油，小火慢慢地煎，待基本干了，撒些盐，用一个大砂锅积攒起来，等到想吃的时候弄一碗出来炒。泥鳅当然不是只能煸和炒，还可以炖。

　　家乡竹子多，村里手巧的邻居，用竹丝编织出一个个形状如啤酒瓶的小笼，尾部开着大口，巧妙地设置了迷宫，只能进不能出。挖一些蚯蚓，拌上炒熟的芝麻、米糠，捣碎成泥状，就是极好的诱饵。

傍晚时候，捏一把湿泥巴，将诱饵封在竹笼的侧后方，放进水田里，旁边插上一个竹签做标记，就可以等着第二天早晨来收。

泥鳅和黄鳝被诱饵吸引过来，几经探索，终于还是从竹笼尾部的口钻进去，如愿以偿地吃到了美味的诱饵，却也失去了自由。

天刚刚亮，主人腰系鱼篓，一个一个竹笼收过去，在水里涮几下，将顶部的竹圈捋下来，对着鱼篓甩甩，泥鳅和黄鳝就顺着竹笼顶部的口滑进鱼篓。

父亲偶尔会将他们捉的泥鳅买过来，以改善我们的伙食。

这样捉到的泥鳅往往需要放在瓦罐里，用清水养了，每天换水。换水时，就可以见到被吐出来的米糠和蚯蚓。

养到一周左右的时候，泥鳅已经干净了。

煮一锅水，放几片姜，等水开时，将泥鳅倒进去，盖上锅盖煮上十分钟。加入切成细丝的辣椒，放一勺猪油，加盐，放一把紫苏、几颗花椒，很快，香味就溢了出来。

汤色清亮的泥鳅端上桌，不能不说这是一道大补的美味。

把炖得烂了的泥鳅整个塞进嘴里，牙齿轻轻咬住鳃部，用筷子夹了头部，往外一拉，完整的泥鳅骨架出来，鲜美的肉则留在口中。

父亲见不得我这种吃法，将大碗泥鳅平均分给每个人，径直端了自己的碗，将泥鳅全扒进嘴里，连肉带骨头嚼得啧啧有声。

顺溜唱着《捉泥鳅》的小枕头，却从未有机会如我儿时一般去到田野里，亲自体验捉泥鳅的乐趣，只在入睡前，不厌其烦地要求我讲小时候的故事。

"泥鳅是从田里长出来的吗？"他蒙眬着睡眼问。

"不是……"我轻声说，"不过，田野是泥鳅的家。"

转头望时，他已嘴角含笑，进入梦乡。

一个月饼

开学没多久，天气转凉，本就金黄的稻穗，更是低下了头。

羊古坳中心小学一楼楼梯口，靠教室的墙上有一块小黑板，左盼右盼，终于写上了农忙假的通知。

农忙假的第一天早上，天刚蒙蒙亮，大姐就来叫醒我。

"跟我去玩吗？"她微笑着坐在床边。

"去哪里？"我揉揉眼睛问。转头看看边上，空空如也，二哥已经起床放牛去了。

"去石山湾赶场卖丝瓜。"她从旁边的椅子上拿了我的衣服丢给我，"要去就快点起来，我先去洗丝瓜。"

我犹豫着是睡个懒觉还是去集市。集市固然好玩，但三四公里的路走过去有点远，况且卖丝瓜可是很枯燥的一件事。

"去的话给你买个月饼，"大姐出了门，又转过头来轻声说，"7毛5那种。"

7毛5的月饼？那种大大的、厚厚的、软软的，表面点缀着香喷喷白芝麻、里面嵌着花生杏仁的月饼？

我一个激灵，从被窝里爬了起来。

邻居刘玉兵做小生意，从镇上批发零食，每天在中心小学门口卖。零食主要是一毛钱一个的发饼。白白的薄薄的发饼，就是面粉加了一点糖，松松软软的，入口就化，一点不经吃，一个发饼三两口吃完，感觉像没吃一样。

然而我总是禁不住那香甜味道的诱惑，绞尽脑汁找钱。旧的课本，废旧的塑料凉鞋，用过的墨水瓶、牙膏，凡是能卖钱的东西，都被我搜集出来，拿去隔壁玉兵家换了发饼吃。

　　当不再有东西可以换钱，我开始坐立不安，情绪低落。二姐悄悄给我支招："拿米去换，一升（约1.3斤）米可以换十个发饼。"

　　我欣喜地去米桶里舀了一升米，抱着升子（量米用的竹筒）就往玉兵家跑。

　　二姐果然没有骗我，玉兵看着我把满满的一升米倒进他家的米桶后，笑眯眯地将码得整整齐齐的十个发饼递给我。

　　我狼吞虎咽解决掉一个发饼，才把剩下的九个往衣服里一揣，扎紧腰带，拎着空升子慢慢挪回家去。

　　"拿着升子干吗？"正要跨进家门，从外面回来的母亲叫住我。

　　二姐站在二楼的走廊上，扶着栏杆，朝我使眼色。

　　"我看升子脏了想拿去井边洗洗。"我灵机一动说。

　　母亲将信将疑地看了我一眼，没再询问。

　　然而此时，一个发饼顺着我的裤腿滚了下来，正好滚到母亲跟前。

　　"哎哟，鸡鸭会下蛋，你还会下发饼啊！"母亲捡起发饼，吹了吹上面的泥土，笑着说。

　　这下完了！

　　自从父亲给我们讲《三国演义》，说到曹操一笑必杀人，之后每次母亲发飙前，都是这种表情。

　　二姐身影一闪逃离现场。我紧张愧疚地把其他几个发饼交了出来。

　　一顿竹笋炒肉（用竹枝打）是免不了的。同时我也明白了一个道理，用父亲的话来说就是，"家里的东西，谁都可以吃、可以用，但是只有经过我允许，才能往外拿"。

　　此后母亲偶尔会买点发饼分给我们解解馋，但是怎么也吃不出以前香甜的味道了。

　　吃早饭的时候，父亲不停地告诫大姐："现在丝瓜一般2毛一斤，你可以叫价1毛8，如果买得多，可以再便宜点。碰到老人家，秤一定要给人家高一点，瓜果蔬菜自己种的，多给人家点没关系……回家前再便宜也要全卖了。"

大姐一面吃饭，一面嗯嗯点头。

"看好弟弟，别乱吃别人的东西。"临出门时，母亲还在叮嘱大姐。

大姐挑着装满丝瓜的箩筐，晃晃悠悠走在乡间小路上，我无所事事地跟在后面。

狗尾草上的晨雾将我的裤脚打湿，早起的蚱蜢在路中间仓皇跳跃。我的心思，全在那诱人的月饼上。

沿途有询问买丝瓜的，上六年级的大姐熟练地跟人家推销，您看这丝瓜多新鲜、多水灵啊，都是自己家种的，比别人卖得便宜……

通常这时，我就蹲在旁边用树枝在地上写写画画。

也有买个三两斤的，大姐就将箩筐里的秤拿出来，用稻草将选出来的丝瓜捆好，往秤钩上一挂，"您看，三斤一两了，就算三斤吧！"

人家付完钱，拎着丝瓜，走之前总会夸一句，这孩子不错！买了还顺带问一句，这个是你老弟啊？

闻言我赶紧站起来挺直腰杆准备回答，没想到人家早已走远了。

三四公里的路走走停停，到得石山湾集市时，丝瓜卖掉三分之一，时间也近中午了。

集市上人声鼎沸，琳琅满目的商品让人眼花缭乱。大姐找了一个阴凉的地方，将箩筐放下，就开始大声叫卖起来。热得通红的脸上，满是汗水。

买蔬菜对于农村人来说还不是很流行，间或几个乡镇干部或者开店的人过来买点。眼看着太阳朝着西山落了下去，箩筐里的丝瓜还剩三分之一。

大姐不再叫卖，只当有人过来询问的时候，才说上几句。

"卖凉粉喽……凉粉便宜卖喽……"一个卖凉粉的人从我们跟前走过。

"渴不渴？"大姐问我。

这么大热天，怎能不渴。但是看着大姐将卖丝瓜的钱一角几分地攒进包里，我实在不好意思开口。况且，我还惦记着那个大月饼呢，那才是关键！

"给我来两碗凉粉！"大姐招呼说。

卖凉粉的人赶紧回来将担子放下，揭开盖在水桶上的纱布，舀出两碗凉粉来，加了白糖和醋，逐一递给我们。

酸酸甜甜、清凉的凉粉，让难耐的酷热消失殆尽。

大姐清点了一下钞票，总共卖了10块3角7分。

望望西山上的太阳，我们准备打道回府。这时一个秃头的人挺着大肚子走了过来。

这是一个小饭店的老板。他先是说跟我父亲很熟，扯了几句闲话，然后说反正卖剩下的了，5分钱一斤全卖给他算了。

"5分一斤也太低了！"大姐的脸更红了。

"8分！"最后大姐下了决心，"8分一斤全给您！"

几经讨价还价，最后7分钱一斤全卖了。

我帮大姐挑着空箩筐，飞快地走在回家路上。在离家不远的刘家塘，有两个小商店。我似乎看到了躺在玻璃货柜后面的大月饼。

"总共卖了14块4毛7，吃凉粉花了2毛4，还有……"大姐一边走，一边计算着今天的收成。

终于到了商店门口，我迫不及待地冲里边喊："买月饼啦，买月饼啦！"

大姐面有难色地望着我，欲言又止。

老板从里屋走过来，"要哪种月饼？"他没有看我，却是询问身后的大姐。

"老弟，"大姐轻轻地拉了拉我的衣袖，低声说，"今天卖的钱很少，要不给你买个5毛的那种月饼行吗？"

5毛的月饼里是没有果仁的，也要小很多，我的心情瞬间跌入低谷。但是看着大姐被汗水打湿的头发和通红的脸，我默默地点了点头。

用黄油纸包着的月饼拿在手里，虽然不再有果仁，但是它香甜的味道依然那么诱人，我的心情重新又好了起来。

我欣欣雀跃地走在小路上，归家的黄牛发出沉闷的吼声。我不时将月饼凑到鼻子底下嗅嗅，却舍不得咬一口。

再过几天，就是中秋。我要等到十五的月亮挂向天空，从县城上学的大哥回来，在门前的板栗树下，与哥哥姐姐一起分享这来之不易的月饼。

小树发芽

很难得在网上碰到一个同学，开口他就问："你老婆肚子里有宝宝没？"

我回他说："宝宝还在我肚子里呢。"

同学给我回了个鄙视的表情。

这年头有点奇怪，自从我一结婚，甭管男的女的，见面总是问我这事。

起初，我很客气地回答说我们都还小，不想这么早要小孩；然后，我很耐心地说我们有计划的，等等再说；再然后，身边的朋友大多都有小孩了，我就有点像犯错的小学生汇报说，我们计划一年内要；现在，身边用粉嘟嘟的小手捂着眼睛叫我叔叔的小朋友多了起来，我便和妻手拉着手说，我们计划今年年底要。

当饭桌上朋友们的话题越来越多地围绕婴幼儿的饮食和教育，说"小小代"会帮外婆拿脸盆了，"小小孙"喜欢做木匠了，"小小贡"会跳舞了……我明显感觉气氛有点异样，他们似乎很热切地想交流这个问题，却又碍于我们的存在而不能畅所欲言，有点特别想顾及我们感受的意味。

这时妻的眼神便有点游离。我很正常的表情和表现，也像在刻意隐藏某种悲伤。我没法解释。

环环是结婚最早的，2004 年国庆节举行的婚礼。到了 2006 年，他几次在闲谈中说，我们还没计划要小孩，你们不要怀疑我的能力哈。我们便起哄说，我们又没怀疑你，是你自己心虚不打自招了吧。

然后一帮人语重心长地劝他说要相信现代医学，要坦然面对。说急了，环环就说，你们一帮鸟人，不跟你们扯了，谁不服掏出来比一比。当年冬天，他就宣布他完成任务了。众人却不依不饶地说，我们只是说说而已，没必要搞这么大一件事来证明什么吧！

环环释然一笑说，不跟你们小孩子一般见识，等你们升级了再来跟我讨论这个问题。

于是我总结出，这事越描越黑。

"五一"长假，去了泰兴乡间，那里空气清新，银杏树正布满嫩绿的叶子，油菜花犹自彰显着广袤无边的气势，小河里的鱼儿耐心地戏弄我的钓钩，那里的主人让我心身放松，如归故里。然而放松了身心的我却迎来了日久生疏的感冒。

站在晨风中，我的鼻涕宛如山间泉水涓涓不息，三条小鲫鱼大概是仰慕我的气息才上的钩。然而，大半碗奶白奶白的鲫鱼汤，依然没有缓解我的感冒症状，中午的时候我开始头晕发热，于是我吃了两片"康泰克"。

药片还在咽喉间，我就听到河东狮吼的声音……

风浪过后，妻很坚决地说，造人计划推迟半年。

今年国庆长假车票异常难买，关键原因是传统节日中秋节正好是十月三号，回家团聚的人潮让黄牛们看到的，是一摞一摞排着队往车站挤的钞票，在售票厅能买到火车票只是传说，谁也没见过。

最终，辗转买到了一号晚上的软卧，得偿所愿坐上了所谓的快车。妻的外婆早在徐州乡下望眼欲穿，岳父大人也买了十几只草鸡严阵以待。

自家的蔬菜，树上的苹果，能飞上屋顶的草鸡，云龙湖的大鲤鱼……吃得我天天精力充沛。还好乡间的空气无比清冷，镇住了猛然上升的火气。

假期一过，我先回了常州，妻继续休假，在乡下休养。

几天后妻从徐州回来就说，老家啥都好吃，要不是怕我一个人在这边胡作非为，都有点不想回来了。

周边爱情的种子一颗一颗发着芽，偶尔聊起，妻便自嘲说本来跟她妹同年结婚的，现在我们小孩要比他们小孩小至少四岁了。然后掰着手指数，郑大钱四岁了，莫小西两岁多了，"小小关"半岁了……然后冲我发火，你看看人家第二个都有了，咱们屁都没生一个。

　　望着突爆粗口的妻，我哈哈一乐。

　　"笑，还好意思笑！都是因为你，一会儿吃个感冒药，一会儿拔个牙……你妈还打电话来问我身体好不好，最开始我还说婆婆怎么这么关心我呢，后来终于说了，说你们老家有种草药很灵的，你二大姑的三舅子的孙媳妇就是吃了那草药怀上的……这都哪跟哪啊！"

　　"回头我批评我妈，我们对她这种一心想着抱孙子，却不顾现实情况的心态表示极度愤慨，对她无病瞎抓药的行为提出严正交涉。如果她一意孤行，我们将采取一切视之必要之行动，包括武力之使用！"

　　"去去去，没个正经，看你像个要当爹的样子吗！"妻收拾起桌上的碗筷转身进了厨房，将盆儿碟儿洗得格外响。

　　长假后的工作很是集中。一天下午，正当我埋头于资料中的时候，妻的短信来了，"我可能有了！"

　　她生活很规律，什么都规律。她说可能有了，那就肯定是有了。

　　开心之余，我给她回了短信：恭喜小树，终于要做妈妈了！

　　妻却没有轻松，努力回忆了十月、九月、八月、七月的饮食、起居、精神状况、身体状况，又查了那些天的阴晴雨露、大气层状况、天文动态，才勉强接受了正在发芽的种子。

　　晚饭后，我如往常一样泡上一壶茶。

　　"应该是个女孩，她应该有 5 毫米长了！"妻从准妈妈百科书中抬起头来说，嘴角不经意间溢出一抹微笑。

咿
咿
呀
呀

（一）尿记

小腹一收，熟悉的感觉漫布全身，我很享受这种感觉，不由得笑了。

爸爸将我放在床上，念叨着"我们小树芽的小肚兜在哪里呢"，在床头的一堆衣服、尿布中翻找。他总是出门很早，回家很晚，当我从睡梦中醒来，看到的大抵是妈妈满是慈爱的脸。

所以有时候当爸爸对着我说话，逗我的时候，我只是静静地看着他，不给他一个笑脸，以表达我的不满，有时候甚至故意将脸转去别处，任凭他极尽能事地搞怪逗笑。

此时妈妈正利用刚刚喂饱我的空隙，去扒拉她快凉了的早餐，估计奶奶正满是心疼地看着她，用母亲听不太懂的家乡话嘱咐她慢点吃。

我尿了。

温热的水流争先恐后地涌出我的身体，静静倾注在柔软的尿片中。

记得我刚刚两周的时候，我对身体的这些感觉很陌生，有点惶恐。当一股气体从我体内喷出，发出爆破的声响时，我惊恐万分，立刻号啕大哭。

闻讯赶来的妈妈用责备的语气问爸爸："小树芽怎么啦，你怎么抱的？"

"他自己放了个屁吓哭了。"爸爸满脸无辜。

妈妈多云转晴，哈哈大笑。笑声震耳发聩，我哭得更加厉害。妈妈忙不

36

迭把我搂进怀里，轻声安慰。

然而现在，我很开心。

找到肚兜的爸爸回转过来，看到笑颜如花的我，不由得凑过来。

"哎哟，我们的小乖乖哦，笑得这么开心。"说着话，他将我抱了起来。

我笑得更欢了。

"哎哟！"他终于发现了奥秘，"你个小坏蛋，又尿了！"

然后他一边"小臭屁、坏小子、小尿包"嘟囔着，一边给我换上干爽的尿布。

妈妈用纸巾擦着手上的水，走了过来。

"哈哈！我们小树芽现在坏得很。"她说，"以前他要拉屎撒尿的时候都会哭着报讯，现在都是笑眯眯的，一点征兆也没有。"

我抗议，手舞足蹈。我想说："其实我真的很享受。"

然而他们听到的，只是我的咿咿呀呀。

（二）春节

奶奶起得很早，她来到床前时，爸爸妈妈仍在睡梦中，而我，像往常一样，默默地研究着自己的手指头，偶尔将大拇指塞进嘴里，品尝一下。

"小树芽……"奶奶轻声呼唤我。

这是我和奶奶的时刻，为了让爸爸妈妈多睡一会儿，奶奶总是悄悄过来看我，轻声地呼唤我各种各样的小名——小树芽、小宝贝、小乖乖、小尿包、小馋猫……

我不明白其中的含义，但只要听到"小"，就知道是指我无疑了。

我高兴地转过头去，望着满是疼爱和欣慰的奶奶，笑容在我脸上悄然绽放。

"新年快乐！"奶奶没像往常一样跟我说早上好，手上多了一个红包，"祝我们小宝贝健康成长、天天快乐！"

"噢……"我开心地拍打着被子，侧脸紧盯着放在小枕头旁边的红包。我喜欢上面那个胖胖的小哥哥，虎头虎脑、喜笑颜开的。

"妈，新年快乐！"妈妈也醒来了，一边摸着她的眼镜，一边给奶奶拜年。

"我有一个漂亮的红包！"我很臭屁地想跟妈妈炫耀。但是我夸张的表情被妈妈贴过来的脸盖住，挥舞的手臂则被她拥进怀里。

"小乖乖，新年快乐！"她一边将奶嘴塞进我嘴里，一边拍着我的后背，"我们宝贝又长一岁喽！"

确实有点饿了，吸着温热的乳汁，我心不在焉地想，怎么是"又"呢，人家才是第一回过春节好不好？

外面鞭炮声响起来，此起彼伏，有点吵，心里有点烦，这声音时不时吓我一跳，让我昨晚都没睡踏实。

"到明年估计我们小树芽就要嚷着要我们放烟花鞭炮了！"爸爸爬起来，拍着我的脚丫说。

"嗯……嗯……"用膳的时候我不喜欢有人打扰，不耐烦地扭头去望了他一眼。

"小宝宝新年快乐！"爸爸没有察觉我的不快，满心欢喜地对着我笑。

冲他这份真诚，我也咧了咧嘴，算是笑过了。

然后奶奶和爸爸忙着相互拜年和发红包。我只对红包上的小胖哥哥感兴趣，看得多了，眼睛有点花。

当他们坐在饭桌前吃着丰盛的早餐时，我没像往日一样闻着热腾腾的香气流口水，而是在时近时远的鞭炮声中，睡倒在奶奶的怀里。

（三）第一次生病

春节刚过，还在笑话我穿得像粽子的爸爸感冒了。

在妈妈的严格要求下，他必须沐浴更衣、戴上口罩才拥有抱我的权利。

即便这样，我仍是每天能在他的臂弯里荡上两分钟秋千。

爸爸的样子有点陌生，吸着鼻涕唱起我熟悉的歌：

> 摇啊摇，摇到外婆桥
> 外婆叫我好宝宝
> 糖一包，果一包，吃了还要拿一包
> 外婆问我拿给谁，拿回常州给爸妈
> 爸爸吃了乐呵呵，竖起拇指把我夸
> 妈妈吃了呵呵笑，奖我一朵小红花

我很喜欢这种荡荡悠悠的感觉。

然而初四早上，我就咳嗽了，外带打喷嚏、流鼻涕。

妈妈一面埋怨爸爸，一面给我量体温。

奶奶说宝宝病了得赶紧去看医生。

妈妈坚持说宝宝还小，医院病菌多，不能去。去了万一给打些什么抗生素，以后就有抗药性了。

初六，我的症状没有好转。妈妈终于着急了。熬不过奶奶和爸爸嘀咕，还是去了药店。二十分钟后，她两手空空地回来了。

"药店说药卖完了，要过两天才有。"她一面洗手，一面解释。"那咱就先不买吧，多喝开水，再观察两天看看。"

爸爸白了她一眼，没吭声。

第二天，妈妈早早上班去了，爸爸剥了一瓣大蒜，加上白糖，捣碎，再泡上开水，端到我鼻子底下。

水汽腾起，我闻到了难闻的味道，不由得皱起眉头，不满地叫了两声。

没想到他竟然还用勺子舀了水送到我嘴边。

我勉为其难地尝了一口。辛辣！我哇的一声哭出来。

狠心的他不管我的哭声，仍坚持喂了我两大口。

我哭得更伤心了。

他这才放下小碗，过来搂着我又抖又哄。待我稍微平息，他就急匆匆上班去了。

"急什么急，上班第一天也没红包拿。"奶奶嘀咕了一声，握着我的手腕让我跟爸爸拜拜。

初八早上，妈妈摇醒还在熟睡的爸爸。

"我们小树芽的咳嗽好了！"她神气地对他说，"你看，好在我坚持不给宝宝吃药吧。"

"哦！老中医偏方还真有点效果。"爸爸眯着眼看了看我，又倒头睡去。

"你说什么，什么偏方？"妈妈推搡着他。

"别闹，让我再睡会儿！"爸爸不满地拍开她的手。

"啊哒哒哒哒哒哒……"我开始了早间播报。

两颗门牙

当你怀孕，你会发现周围全是孕妇。

当你掉牙，你会发现周围全是缺着牙的小朋友。

一年级第一学期，小枕头换了两颗牙齿，之后就一直没了动静。眼看着同龄的孩子一茬一茬地掉牙换牙，我开始着急，又给他补钙，又让他多啃苹果和玉米。

端午节刚过，小枕头就开始念叨他的牙齿疼，整天哼哼唧唧的，本就不好好吃饭，这下更是千般扭捏、万种推脱。

一个周末的下午，小枕头眼看着妈妈削好了苹果却并没有给他，而是自个儿啃了起来，着急地扑将过去，抱着苹果一顿乱啃，一边吃一边还抱怨，"为什么不给我吃？"

正要批评他没有礼貌，却见他定定地站在花架旁边，盯着苹果，眼泪在眼眶里打转，嫩白的脸腾起两朵红云。

"怎么啦？"我问他。

"牙……牙齿……"他吸了几口凉气，含糊不清地说。

啃得参差不齐的苹果上，赫然出现一颗带着血丝的门牙。

"哇，你的牙齿终于掉了！"妈妈蹲下去，开心地捧起他的脸，"快给我看看！"

"疼……"他将要哭出来，又在犹豫是否该用其他表达方式。

小枕头咧着嘴，缺掉的门牙和复杂的表情让画面很是喜感。

"小朋友都要掉牙的，你开始掉门牙，说明长大了，是小小男子汉了。"我说，"很快会长出来新的门牙，更白、更好看、更帅！"

"真的吗？"他抬眼望向妈妈。

"当然是真的啊，我们宝宝长大了！"妈妈亲了亲他的脸颊，就忙着把苹果切成小块放在碟子里。

小枕头这才开心地坐到椅子上，用勺子吃起苹果来，晃悠着两只脚，不时倒吸一口凉气，如展示战利品一般提醒我们他的门牙掉了。

"祺祺门牙掉了吗？果果门牙掉了吗？星宇门牙掉了吗？"嘴里吃着苹果，他也不忘问问小伙伴的情况。

星宇的门牙一年级上学期就换完了，祺祺和果果的门牙已经掉了，只是还没有长出来。

我把小枕头掉的门牙洗干净，用纸包了，放在他的枕头底下，据说这样新牙会长得又快又好。

之后一次一起吃饭，小枕头见到祺祺的第一句话就是，"我能看看你的门牙吗？"

好吧，我不得不承认这种独特的撩妹方式我没见过！

祺祺闻言却是不无骄傲地笑了，露出空空如也的门牙。

"我也掉了，你看，你看……"小枕头拉着她的手，急切地龇牙咧嘴，展示他的牙齿。

"你才掉一颗！"祺祺不屑地说。

"爸爸说我多吃苹果就会掉得快。"小枕头的脸涨得通红，好像输了比赛一般。

祺祺不再打击他，两人又玩起熟练的词语接龙。

暑假里，果果晒得黑黝黝地从西藏回来，就马不停蹄地约了小枕头一起去补习拼音。

上课的日子里，我通常下午六点左右去接他，这时候他一般是不肯回家的。

补习班的门口，有一个很长的水池，长着并不茂密的水草，成群结队的金色小鱼在水里四处游荡。

小枕头拉着果果一起，永不厌倦地在水池边奔跑嬉戏，驻足观望别的小朋友拿了网兜去捞小鱼。也有大方的小伙伴,把网兜借给他们,小枕头和果果就争着抢着去捞近在眼前却总是灵活逃走的小鱼。

"小孩儿,把网兜还给我,我要回家了。"穿着连衣裙的小姑娘催促意犹未尽的哥俩。

"我不是小孩儿,我们开学就上二年级了。"小枕头依依不舍地把网兜还给她,大声地解释。

"切,你门牙还没掉呢!"小姑娘看了看站在跟前略微局促的小男孩,不以为然地说,"小屁孩,赶紧回家吧!"

说完,做了个鬼脸,拎着小桶跑远了。

"叔叔,你看我的门牙掉了。"果果过来不甘地说。

"我也掉了一颗了。"小枕头也凑过来,"另外一颗掉了我就不是小屁孩了,对吗?"

"如果你们知道好好吃饭、好好学习是自己的事了,就不再是小屁孩了。"我想了一会儿才回答。

"我们不是小屁孩喽……"两人欢呼一阵,兴奋地跑去打篮球了。

临近开学的时候,小枕头剩下的门牙终于松动起来。他不得不尽量避开使用门牙。他最爱吃的玉米,也得切成短短的、一截一截的,用侧面的牙齿啃。若是不小心碰到门牙,疼得呼天抢地。

门牙松动到只有一点点丝线吊在牙龈上了,几天过去,也不见落下。

祺祺妈妈见了他那滑稽的样子,忍不住说:"我帮你拔了算了,祺祺的一颗牙齿就是我拔的。"

小枕头却是怎么也不肯的。

几次我想趁他睡着帮他拔了,却还是觉得顺其自然地等待瓜熟蒂落最好。

如此纠结了一个礼拜,一天晚上,喝着小米粥,小枕头喊道:"小米粥里有骨头。"

我过去看了一下,汤勺里的所谓骨头,分明是他那挣扎了大半个月的门牙!

看清楚是门牙,小枕头开心地笑了。即便是有丝丝血迹,他也不觉得痛。

"门牙都掉了,我就不再是小屁孩了吧?"他无限期待地说。粘着黄色米粒的小脸格外认真。

春天在哪里

"春天在哪里呀，春天在哪里……"

想让小枕头学唱这首歌，他却没有半分兴趣，尚自沉浸在《植物大战僵尸》的读本里。

三月的最后一天，北京的沙尘暴已经散去，天空仍是灰暗的，天晴，却不明朗。出差一周回来，小枕头并没有非常想我，去上书法课前，如往常一样跟我挥手再见，让我难免有些失落。

中午回来，他却热情了许多，手里拿着新买的柯南绘本，兴高采烈地给我看他读了一半的故事。

"你能跟我说说春天在哪里吗？"喝着茶，我问还在滔滔不绝讲着柯南故事的小枕头。

"春风轻轻吹着口哨，和小朋友一起欢笑，我用小刀削了一支柳笛，伴着春风吹哨，听小燕子捎来春的问候，看我的风筝直上云霄。"他翻着书，念经似的背了一段课文糊弄我，末了又问，"你能带我去放风筝吗？"

"今天吗？"我看着他满是期待的眼神，笑道，"今天祺祺约你吃饭啊！"

"哦，出去吃饭喽，出去吃饭喽！"他兴奋地跳了起来，想要把手中的书抛起来，看了几眼，又舍不得，终于还是小心地在沙发上放好，重新拿了一个旧玩具的部件，奋力抛向天花板。

从午饭后到下午三点，他一直在纠结带什么东西出去玩，一会儿把整套的《植物大战僵尸》排出来挑两本，一会儿把铠甲勇士从盒子里倒出来站成队列，一会儿从门后找出金箍棒胡乱摆几个造型，嘴里念叨着"俺老孙来也"……

祺祺家的车刚停在楼下，没等车门打开，等待多时的小枕头就已经手舞足蹈地朝车里的小美女大喊大叫起来。

车上却还有一个两岁左右的小宝贝，在妈妈的提示下，小宝贝脆生生地叫了声："哥哥好！"

小枕头回了声："阿姨好，妹妹好！"就迅速奔向后座，拉着祺祺的手，讲述起最近的趣事。

车流密集，我们行进在午后阳光里。道路两边的柳树上，嫩绿的新芽已经伸展，枝条越发柔软地垂下来，整齐划一地摇摆。

"谁能背诵一首关于春天柳树的诗呢？"我回头问已开始打闹的小孩们。

"我！"小枕头高高地举起右手，"《咏柳》，唐，贺知章……"

"碧玉妆成一树高，万条垂下绿丝绦。"祺祺直接背诵起来。

"不知细叶谁裁出，二月春风似剪刀。"小枕头一听急了，赶紧跳过前面两句，与她一起背出了后面两句。

"那么，春天在哪里呢？"我接着问。

"在柳树上……""在春风里……"孩子们争着抢着说。

九十九顶毡房，名副其实，吃饭的空间是一个个独立的毡房，毡房坐落在稀疏的树林中，蜿蜒的水磨石小路将各顶毡房连接起来。毡房区的边沿有一块草坪，草坪边上是一个小型的健身休闲场。

与米之、石头会合后，孩子们排着队从滑梯上往下滑，又在草地上疯跑，即使脱得只剩一件秋衣，一个个也热得满头大汗。当星宇出现时，小枕头高喊着他的名字，一路飞奔，星宇也欢呼着跑过来。彤彤最后一个到来，继续保持甜蜜风格，一出场就吸引了小枕头的目光。

即使是美味的烤羊肉也没能吸引孩子们的注意力，他们只是挑自己爱吃的匆匆塞了几口，又跑到外边打闹玩耍去了。小枕头和星宇长时间玩着手机，彤彤过去拉着小枕头的衣角说"哥哥我想荡秋千"，他才赶紧牵了她的手走向毡房外。祺祺调解石头和米之不成，伤心地哭了，石头却陪着她哭了起来。

在孩子的世界里，欢笑和泪水转换很快。大人们也没怎么安慰他们，不知何时，原本说要绝交的孩子们又一起玩起了气球。

两岁的小宝宝拍着小手踉跄着追着哥哥姐姐。蹦蹦奔跑着喘着气，吐出粉红的舌头。月色下，彤彤安静地坐着，小枕头卖力地用脚蹬地荡起秋千。

一起玩到很晚，小朋友们一窝蜂跑去星宇家睡。祺祺和米之躺在上铺斗嘴到困了各自睡去，彤彤在下铺早已睡得像小猪一般，星宇和小枕头抱着几本书边聊边看睡得最晚。

翌日，日上三竿，星宇妈妈去叫大家起床，女孩们乖乖地爬起来穿衣洗漱，两个男孩却揉着惺忪的睡眼不肯起来。

"春天在哪里呢？"小枕头在睡梦中还想着我昨天的问题，像是自言自语。

"春眠不觉晓，妈妈你要让我们多睡一会儿……"星宇嬉笑着将掀开的被子重新盖好。

星宇妈妈无奈地笑笑，不再坚持，转身出了卧室，监督三个女孩吃饭。

或许是豆浆的香味勾起了肚中的馋虫，不知何时，穿戴整齐的两个男孩围上了餐桌。

当接他回家的妈妈出现在门口时，小枕头快步跑了过去，搂着妈妈说："我还想再玩一会儿行吗？"

妈妈严厉地拒绝了，告诉他得回家写作业。他纠结了一阵，终于还是跟小伙伴们再见。

家里的窗台上，几根绿萝枝叶攀着窗沿，保持一个向上的姿态，花盆中原本稀疏的花径丛里，早已冒出几棵嫩绿的新芽。

"妈妈，你笑起来就是春天了！"勤快地给花浇水的小枕头莫名其妙地冒出来一句。

正品着栗原小村新茶的我闻言一怔。

"爸爸，你泡的是春茶吧？"小枕头走过来，蹲在我跟前，仔细地端详了一下泡好的茶，"你看，春天在爸爸的茶杯里！"

茶 香

连绵的清明雨终于散去，天空逐渐晴朗。我发短信告诉妻中午回家吃饭。

"宝宝知道跟我玩了！"打开房门，妻就喜不自禁贴过来，"我在阳台上晒太阳，拍拍肚皮他（她）就会踢我——我拍左边他（她）就踢左边，我拍右边他（她）就踢右边。"

"厉害啊，您宝宝这是指哪打哪呀！"我轻轻拥抱了一下妻。她突兀的肚皮让我不得不前倾才能完成拥抱。

"呵呵！"妻一个劲儿傻笑。

进厨房问母亲我能做点什么，她说马上就可以吃饭了，让我歇着。

妻很注意饮食养生，中午的菜肴简约而不简单。

饭后妻挪着笨重的身躯过来挨着我坐下，告诉我说壶徒将我们预订的新茶送来了。

我喜出望外，立刻开始整理茶叶。母亲在旁边好奇地看着，絮叨着她小时候采茶的故事，又说没喝过城市里包装精美的茶，在杭州给二姐带小孩的时候，特羡慕边上茶馆里坐着的那些老头儿老太太，期盼有一天能跟儿女们坐在一起喝喝茶，聊聊天，打打扑克。

印象中母亲常年操劳，八口之家的繁重家务大部分落在了她的肩上，没有多少休息时间，何论休闲。我的心蓦地一酸，抬头看看，两鬓白霜的母亲，正满是慈爱地望着妻，而妻正目不转睛看着我呢。

"行，哪天有空我给你们泡茶，跟你们俩玩扑克。"我装了几袋茶叶，"先上班去了啊！"

到单位先把茶叶给了环环和莫莫。

刚回到办公室，信息就来了。

"什么茶？"环环问。

"今年的新茶，昨天刚从千岛湖畔的山上过来的，生态龙井。"

"哦，不错，我喜欢的茶。"他发了个笑脸给我。

"不过不是给你的……"我回道。

字还没打完，那边已经激动起来。那你什么意思啊，调戏我啊？！

我说，茶是给你老丈人的。你有茶喝，又是伪茶客，就没给你准备，你老丈人爱喝茶，正好你拿去孝敬他。

他呵呵一乐，说："那我也可以喝的。"

我说，你看看你现在浮躁的，不让人把话说完就激动，不是你一贯的风格。

于是两个人深入探讨了一下，从脾气，到性格，到人性，到哲学，最后无果而终。因为赶着开会，匆匆拜拜。

开完会迫不及待拆开茶叶。一股嫩嫩的、甜甜的茶香扑鼻而来。

泡上一杯新茶，闻着袅袅升起的茶香，我忍不住心中的喜悦，呼唤前排的小张来共享。

小张闻了闻。说，嗯，是茶叶。

我白了他一眼，你就喝劳保茶的命，该！

小张又慎重闻了闻，很无辜地看着我。

"你该忙啥忙啥去吧，待会儿等你小芬姐来了请她品。"莉莉看不过去了，对小张说。

办公室新来的小芬爱喝茶，无论绿茶还是红茶，抑或普洱。茶也喝得浓，从一上班开始，就不断往杯中加茶叶，等到下班清理茶杯时，已有小半杯的茶渣，间或出现菊花、枸杞、红枣。

泡上新茶后，小芬就说这茶真香，肯定是好茶。

小张说，香的就一定是好茶吗？

小芬呵呵一笑，说权哥的茶肯定是好茶。

小张"切"了一声，不以为然。

我说，小张你看看人家，喝茶的人说出来的话就满嘴茶香，耐听。

这时，壶徒来信息问茶怎么样。

他才是真正懂茶的人。每年的清明前后，他都要驱车几百公里，去千岛湖的山上买茶。他说那边的水好，空气好，人好，茶也好。

我试探说，感觉今年的茶不错，比去年的品质好，你觉得呢？

他说是。

于是我飘飘然。又回顾了一番从前一起喝茶谈人生的那段让人无比怀念的日子——竹制茶具、紫砂茶壶、纯净的水、无污染的茶，整个房间都弥漫着茶的清香……

"很久没喝到那么好的茶了，可能这边的水质不太好。"我说。

"有这个原因，不过跟你工作忙了没心思品茶也会有关系。"

晚上，我给母亲和妻、自己各泡上一杯新茶。她们兴致勃勃地听我讲茶的种类、泡法、喝茶的好处。孕妇不宜饮茶，妻只是捧在手上闻闻茶香。母亲却是喝得风生水起。

看着飘着薄雾的、泛着淡黄的水，错落起伏的、嫩绿透明的小叶片，轻吸几下，茶香扑鼻。浅尝一口，茶香便深入心间。

一杯热茶下去时，我已然醉了。

三斤野茶

　　装修父母的套间，还是跟以往一样，兄弟姐妹几个稍微一商量，每人出点力，很轻松就解决了。

　　去年五一过后，回了趟老家。刚放下行李，母亲就开心地领着我去参观他们新装修的房间。

　　二楼东边，是父母的套间和一个带厨房的大客厅。

　　由走廊拐进去，先是一个15平方米左右的小客厅，穿过客厅，是他们的卧室。刚刚装修好的房间尚残留些许新家具的味道，崭新的漆面让房间分外亮堂。

　　"都是实木家具，结实耐用，美观大方。"母亲满意地微笑着，"床是你大姐买的，书架和书是你二哥买的。"

　　"你买的乳胶床垫和枕头也特别舒服！最近腰腿明显好多了。"母亲掀起被褥，展示雪白的乳胶床垫，"就是有点贵！"

　　我呵呵一笑，说舒服就行。

　　节约惯了的母亲，虽然明白好东西不便宜的道理，但换种方式炫耀一下儿子愿意为她花钱，也是难免的。从她向上翘起的嘴角，我知道，她感受到了我们的心意。

　　客厅的茶几上，摆着大哥置办的茶海和电磁炉水壶。

电磁炉烧水非常快，一分钟左右，水就突突地喷着热气翻腾起来。

我将带回来的紫砂壶清洗两遍，随手从边上的盒子里抓了一把茶叶放进去，习惯性地端起茶壶闻了闻。一股醉人的嫩香扑面而来！

"哇，好香！"我赞叹道。

毫不起眼的茶叶，竟然有如此的清香。我不由得拿过茶盒，仔细地端详起那卖相不好的茶叶来。

粗壮的茶叶，卷缩扭曲得没有规律，如落叶一般暗淡无光，参差不齐地拥挤在小小的盒子里。

"这是大哥孝敬你们的好茶吧？"我明白茶不可貌相的道理，提出了最有可能的设想。

母亲嘿嘿一笑，喝了一口我倒的热茶，才说："我们自己做的。"

我一个激灵，正要品的滚烫的茶水差点倒进脖子里。看着母亲那骄傲的模样，我不得不相信，正在喝着的我以为花大价钱买来的茶叶，确实是她和父亲做的。

一泡茶喝完，母亲告诉我，在河对面早已废弃的茶山上，还有一些茶树没被挖掉，每年春天都会长出新茶来，没人打理，疯长的茶叶粗壮厚实。她和父亲去地里干活的时候，顺便采摘回来，做成了这种茶叶。

我激动地拍了好几张茶叶和茶汤的照片发给壶徒。

"好茶！"没等到我自夸几句，壶徒已经发来信息，"若是清明前后采摘制作，会更好。"

父亲过来叫吃饭，见我忙着拍照，不以为然地说，这有什么好拍的，喜欢就带点出去喝，柜子里还有半斤呢。

腊肉、猪血圆子、血鸭、蛋饺，家乡美食满满摆了一桌，外甥们正是长身体的时候，一顿饭吃得热闹非常，我也直撑到肚皮滚圆。末了，还不忘拍几张照片馋馋大哥二哥。

第二天中午，又是分别的时候。

我正拎着箱子下楼，母亲急忙忙跑过来，将用保鲜袋装好的茶叶递给我。

我默默地打开箱子，将早已塞满的各种家乡特产重新排列，硬是挤出空间来将茶叶放了进去。母亲始终微笑着站在旁边，眼里泛着泪光。

记得从我上中学开始，每到我们回家的日子，母亲就春风满面地站在家门前的板栗树下翘首以盼。而短暂的团聚之后，她又一个一个地把我们送上大巴车，即便只是去县城上学，即便一个月后就会再放月假，她也送一个哭一次。

将行李放进后备厢，父亲照例过来紧紧地握住我的手，大声地说些努力工作、注意身体、培养好孩子之类的话。新染的黑发，干净体面的唐装，让父亲依旧神采奕奕。但他越发粗糙的手，总让我些许心酸。

母亲抹着眼泪走了过来，我努力保持微笑，张开双臂拥抱着她，就如小时候她拥抱我一样。所有的言语化作一句保重身体。

"茶叶很好！明年帮我做点。"放下车窗，我对父亲说。

"没问题，喜欢喝我就帮你多做点。"父亲开心地搓着手，像个受到表扬的孩子。

父母的身影逐渐模糊，同时模糊的还有家乡的青山绿水，很快我又回到喧嚣的大都市，按部就班地行走在生活轨迹上。

偶尔泡一壶家里带来的野茶，独特的清香让人宁静，却又期盼起来年的野茶来。

通常姐姐、姐夫逢节日会回去陪陪父母，我们兄弟三个则每年错开了回老家一两次。

当大哥告诉我五一准备回老家的时候，我才惊觉，又一年过去了。

清明后一周，二姐夫发来他们在小沙江山上采野茶的图片，翠绿欲滴的嫩叶，骄傲地伸展向天空，远处是碧蓝的湖水。

五一前几天，大姐告知我，父母正忙着给我制作茶叶。

新鲜的茶叶，用干净的毛巾裹了，用力揉，揉到茶汁渗出来。将揉好的茶叶摊开，晒干，再用保鲜袋一袋一袋装好。整个过程耗费了一个礼拜的时间。

当装着三斤野茶的纸箱到我手上时，已是五月中旬。

我满怀期待地泡了一壶茶，茶香浓郁，汤色明亮，经久耐泡，无涩感，顺滑爽口。确实是好茶！小心地用镀膜牛皮纸袋将茶叶分装好后，将大部分寄给了爱茶的朋友。

没过几天，壶徒品尝了新制野茶后，赞不绝口。

"茶原料好是最关键的，怎么做都好喝。"他说。

我这才想起给母亲打了一个电话，告诉她茶叶受到一致好评！母亲絮絮叨叨地给我介绍了制作茶叶的整个过程。"明年还给你做。"末了，她兴高采烈地说。

滚烫的水浇下去，茶雾将我笼罩，闭上眼，我仿佛看到父母奋力揉着茶叶的情形。

茶香直入心间。而我，有泪将滑落。

故乡

在县城坐上孙叔叔的车，旅途劳累终于告一段落。再有一个小时，我就可以到家。

公路上的车辆很多，轿车、大巴、卡车，各式各样，显得拥挤而繁忙。

刚过花门路口，一长溜穿着校服的学生在公路边快速行进，连绵两公里。鲜红的旗帜，朝气蓬勃的面容，正是隆回二中的学生在军训。

曾经学习、生活过六年的隆回二中，已是许多年没去。不知道丁字楼前的桂花是否还在每年中秋开得那样密密麻麻，"黄土高原"的跑道是否在每一个黎明繁忙，刚刚跨入高中的外甥是否做好了充足的准备。

公路两边，山脚下，小河边，田野里，坐落着各式各样的楼房，或雄伟，或别致，或简洁，但大抵是大门紧闭。房子的主人或许远在他乡，即便住着人，也多是老人、妇女和小孩。

农村人努力学习奋斗走出去，在钢筋混凝土的大城市里挣得属于自己的一个小空间，生活富足了，工作稳定了，心却依然飘飘荡荡。诚然，我们可以在城市里买房生活，但那里也不是家。在老家修一栋房子，哪怕每年只回去一趟，心也得以安放。

慢慢懂事的小枕头曾问我："爸爸，我的老家是哪里呀？"我茫然，不知所措，只能耐心告诉他："你是湖南人，爸爸的老家在隆回，你是在常州出生的。"

"那我的老家是常州。"他说。好吧，我也不知怎样回答。他出生并生活了六年的老房子还空在那里，想着什么时候有空带他回去看看，毕竟那里有他无忧无虑的童年。

田野里的水稻已吐出金黄的稻穗，丝瓜藤上仍挂着黄色的小花，雨水把灌木和小草洗得翠绿，几只土狗在路边游荡，不知谁家散养的鹅在水渠里挥动着翅膀。

路过建华镇时，顺便把大姐一家接上，才给父亲去了电话。

电话那头，父亲还在忙活，大声说马上回家弄饭。先前几日，母亲已经去了西安照顾二哥的小公主，父亲一人留在家里移山修路，大搞建设。

刚进入羊古坳街上，汽车一拐，沿着辰河行驶两公里，路边一座中西合璧的楼房，就是我日思夜想的家。

楼前一个宽阔的磨砂平台，高出公路 50 厘米，平台边缘挨着马路建了一排花坛，种着四季常青的小草。平台靠花坛摆着七八个大木盒子，每个一立方米，种着从山上挖来的映山红。映山红被修剪得只剩下粗壮的根部，错落有致地向上伸展，间或吐些嫩芽，在雨后格外傲娇。

父亲正好从摩托车上下来，长筒靴上沾满了山间的黄泥。他狠狠地吸了一口烟，丢掉烟蒂，用粗糙有力的手紧紧握住我的手，摇了摇，才接过我的箱子，打开金属大门。

一楼两个大堂屋，四间卧室，一个厨房。一个堂屋供奉着祖先及各路神仙，客厅和厨房却是闲置的。沿着木扶梯的楼梯上到二楼，才是主要的生活场所。

到了二楼，迎面有一个圆形拱门，进去就是一个五米见方的客厅，摆着一张八仙桌，一张小方桌，一个木质沙发，四张长凳，三五个小椅子。东面墙上，大屏幕电视正放着《西游记》，刚进家门的外甥，早已在沙发上坐定，津津有味地欣赏看了无数遍的电视剧。

穿过客厅，一条并不长的走廊凌空而建，往东便是父母的套间和一个带厨房的餐厅。父亲开始在厨房忙碌，蛋饺是先前就包好的，鸭子杀好剁成了小块，猪蹄早已炖烂，再煮一个长豇豆，六七个大碗往八仙桌上一摆，既丰盛又营养。

二楼西边的两个套间，是大姐和二姐两家的。三楼正中两间是我的房间，左右分别是大哥、二哥的套间。大哥的套间再往东，是一个大的露台，原本说要种葡萄和花草，几年了也没行动。至于四楼，整体是一个实木凉亭，能摆八张八仙桌，顶上用彩钢瓦盖了，四面来风，凉爽至极。

在三楼放了行李，刚与孙叔在父亲的茶室里喝了几泡自制野茶，大姐就来叫吃饭。

血鸭是我的最爱，常能吃到的父亲却不以为然，一个劲儿给我夹炖得几乎不用嚼的猪蹄。"你太瘦了，多吃点。"他满脸慈爱地看着我吃，自己却吃得很少。

啃掉一只鸭腿，我打了一个饱嗝。站在走廊远望，辰河安静流淌，稻田青黄相间，对岸的那些房子，我依稀记得哪个是谁家的。

太阳艰难地从厚密的云层露出小脸，西天的云彩便火样燃烧起来。

二姐夫带着乐乐和慧慧从南岳山回来，两个小屁孩如今已长成小伙子、小姑娘模样，一年未见，"舅舅"叫得依旧顺溜亲切。

在乡村，一日三餐占去了不少时间。午饭后在房间里眯了一小会儿，刚要梦到儿时上学路上开满鲜花的河堤，慧慧就来叫醒我吃晚饭。

大姐怀里的小宝宝不怕生，见我就咧着四颗牙齿的小嘴直乐，口水拉成一条晶莹的长线。把他抱过来，肉墩墩的小人儿尝试各种办法来抓我的檀木手串，抓到了，便两只小手握紧往嘴里送。

晚饭荤菜还是那几样，蔬菜换成了白瓜，照样把我吃得肚子滚圆。

闲聊着打了几把字牌，散了几圈烟，就到了晚上九点。将县城买回来的蛋糕取出来，点了蜡烛。父亲虽然扭扭捏捏，但还是戴上了特制的皇冠，在我们的生日快乐歌声中许愿，吹蜡烛，切蛋糕。孩子们乐呵呵地抢了蛋糕，吃得脸上和地上全是奶油，在反复催促下，才去洗澡睡觉。

夜色已深，电视机里喋喋不休地演绎着古往今来的故事，月亮懒懒地迟迟没有出来，对面村庄已漆黑一片，只有辰河水在桥下辗转碰撞的声音格外响亮，屋后不知名的昆虫奏响了午夜之歌。

在确认了我的行程之后，各自回房睡觉。须臾，大姐夫的鼾声从二楼传来。而我，在麻将席上辗转反侧，久久无法入眠。

翌日，早早爬起来。父亲早已去了对面的山上干活。

我换了长筒靴，与二姐夫一起走过平桥，去往正在施工的场地。

曾经生活了十几年的老房子历经风雨，仍顽强地伫立，根根圆柱间或长着几朵不知名的蘑菇。二楼西边，正是当年我与二哥可以一待一整天看闲书的房间，此刻窗户紧闭，顶上的青瓦缺了几片，屋檐下一张硕大的蜘蛛网在晨风中摇曳。

屋后是几块菜地，以前种着各类蔬菜，栽着几棵橘树。冰天雪地的寒假，一家人最喜欢围坐在灶房里，燃一个树根，七嘴八舌地闲聊，有家长里短，有琐碎生活，也有梦想和远方。

夜深了，父亲去屋后的菜地里拔几个萝卜，切大片，往灶上铁锅的骨头汤里一丢，十几分钟后，我们就能喝上甜美的萝卜汤，一碗下去，整个人都暖了。

此刻，两台推土机突突冒着青烟，卖力地从山腰推出一条八米宽的路来，这条路一直通到两里地外的另一个山谷。

"将来在山谷里挖片荷塘，建几个凉亭，盖两排小木屋，边上种满桂花树和映山红……"大姐早就向我描述了她的宏伟蓝图。虽然离目标还很遥远，但只要在路上，总会越来越近的。

我并没太向往映山红山庄，只要靠近这儿时生活的地方，心就无比安宁。往事浮现，全是美好的印象。

被父亲安排扛了半小时树，汗水将衣服湿透，心慌腿软。父亲说，你们啊，都缺乏锻炼。想要反驳，一时找不到语言，看看父亲依旧矫健的身影，不敢相信这是前一天刚过六十六岁生日的老人。

父母健在，乃儿女之福。父亲一边锯着杉树，一边大声跟我讲他的规划进展，恍惚间我回到了从前的夏天。无数个暑假，我们就是这样在父亲的指挥下进行劳动锻炼。

汗水将父亲的头发打湿，消瘦的脸庞在晨曦中越发坚毅，一种情愫在我心底蔓延，暖暖的，很安心。

回程遇到几位叔伯，他们大多算是空巢老人。闲聊了几句，无非就是吃了没、在哪里工作等，曾经的畅谈无以为继。

一上午的时光异常短暂，刚过十点半，周师傅的车已经停在屋外，短暂的回乡之旅就要结束。

大姐将小宝宝塞给慧慧，忙着给我打包冰冻好的鸭子，乐乐凑过来说明年如果考上二中要去北京看舅舅，父亲又在厨房忙碌午饭。

上车前，我紧握着父亲的手，千言万语化成一句"保重身体"。

车缓缓前行，平桥越来越远，回望远处雾气萦绕的东山，泪水模糊了双眼。

故乡，越来越远。

故乡啊，回不去的故乡！

妈妈的爱

题记：以他人的视角看世界，常常生动有趣……

从出站口接到母亲，还没来得及告诉她，接下来的几天哪天带她去看故宫、哪天去爬长城，包里的手机就剧烈地振动起来。

我有一种不祥的预感。

"临时紧急任务……"电话那头部长刚一开口，我就知道这个原本计划陪母亲玩遍北京的假期，还没开始就已经结束了。

在车上，想了一路也不知该如何开口，望着她满头的白发和盯着窗外兴致勃勃的眼神，酸楚和无能为力的感觉涌上心头。但最终我还是告诉了她实情。

她神色一暗，说："没事，你先忙你的。"

于是，把她放到我的出租房里，便匆匆返回单位，一直忙到晚上六点半才又匆匆赶回家，到家已是华灯初上。

整洁的客厅里，餐桌上摆满家乡菜。母亲细心地给每个菜都扣上了一个碟子。

不知道是吃得太饱还是与母亲聊天太晚，夜里我翻来覆去睡不着。

掏出旅行社合同，这是母亲来北京后的第三天，我一边吃着饭，一边仔细地给母亲讲解泰国的佛教文化和美丽风景。

"您不是老说村里的谁谁谁都出过国了，您却一次没去过吗？这次正好朋友的旅行社搞活动，价格很便宜。"

母亲没多说什么就接受了我的安排，泰国双飞七日游。只是夜里她好几次翻身，动静很大。

"二丫你安心工作，妈身子骨还硬朗呢！"在机场集合后，母亲挥手让我赶紧走。嘴角的笑容有些牵强，我知道那是她紧张时惯有的表情。

接下来的几天，每天晚饭后母亲都会给我打一个电话，细细地说她看到的异国风情。要不是心疼电话费，估计她连芒果多少钱一斤、有多少个，都会跟我唠叨几句。

见她玩得开心，我也就安心投入紧张的工作。只是每次电话末了，我都会叮嘱她，不要省钱。

突击工作告一段落，也正好是母亲回国的日子。我收拾好心情，早早地等候在机场。

当信息屏显示泰国飞来的航班提前十分钟抵达首都机场，我的心才完全放下来。四十分钟后，精神抖擞的老太太快步向我走来。

我恍惚间接过她的行李，拉起她的手往外走。她兴奋地唠叨着泰国风景优美、干净、空气好……

到家来不及喝口茶，母亲就兴冲冲地展示她的战利品，一个乳胶枕，两瓶青草药膏。

"这个枕头是给你的，他们都说泰国的乳胶枕好，睡得香，你工作那么忙，需要保证睡眠质量。"母亲轻拍着柔软的枕头，像拍着儿时很困了也不肯睡去的我，"他们还说泰国的乳胶枕是全天下最好的，你看看这弹性，看看这里面的乳胶……"不经意间，她双手习惯性地捶了捶后腰。

不远千里旅游购物，给她的钱基本没花，除了给我的礼物，就是买了一个手工编的佛像，还有一个零钱包。

我静静地听她说个不停，目光扫过"产地：温州"的内里标签，心没来由地疼了一阵。"妈，你累了吧，早点睡吧。"

夜里，我悄悄地把有着浓郁乳香味的乳胶枕换成早已习惯的荞麦枕。

两个礼拜之后，母亲从老家打来电话问我怎么把枕头寄给她了，说自己用不着这么好的枕头。

我看着墙角新买的"简眠"枕包装袋，轻声说："妈，我睡了一个礼拜，感觉还是不适应，这么好的东西也别浪费了，你留着用吧。"

将母亲带回来的所谓"泰国"乳胶枕装进纸袋，我一边打电话一边走向小区的垃圾桶。

回到房间，书桌上一页彩色纸片非常醒目，"简眠，开启美好一天"几个大字赫然纸上，背面是"简眠"纯天然泰国乳胶枕头制作流程示意图和琳琅满目的认证证书。

与母亲通完电话，我扫描"简眠"的二维码，进入公共账号，果然，里面除了各种成人枕、儿童枕、卡通枕，还有乳胶床垫。

浏览了一下床垫介绍，客服热情地推荐7.5厘米厚的床垫，给了优惠并承诺15天无条件退换货。

略微测算了一下近期开支，我有点不舍地在心里将苹果7划卓……选定7.5厘米厚、1.8米宽的乳胶床垫，下单，填写收货地址，付款，三分钟完成。

想着几天后母亲舒适地躺在床垫上，枕着乳胶枕香甜地进入梦乡，我长吁一口气，默默地在心里说了一声：妈，节日快乐！

特首虔

"特首"是虔的微信昵称。

认识特首是很小的时候。据长辈描述，特首小时候憨厚可爱，不喜欢说话，被院子里其他小朋友欺负的时候，总是轻声啜泣。

自从我能扶着门槛走路后，那几个小朋友成了我欺负的对象。堂屋成了我和特首的游乐场，其他小伙伴不敢跨越雷池半步，因为我的指甲总是能准确地落到他们的脸上。

我记忆中最早的事，是父亲的一位远方朋友来访，开着当时十分罕见的吉普车，带我们几个出去兜了一圈。在离家不远的（那时觉得很远的）河边草地上，我欢快地挥舞着双臂奔跑，兴奋地在草地上翻筋斗……

每每想起那天的情景，都免不了一阵唏嘘，一阵感伤。唏嘘童年的简单欢乐，感伤岁月的飞逝，伤感世事的变迁，伤感我最早的记忆没人可以分享。然而一次在与特首聊起童年的时候，他淡淡地说，我还记得咱们第一次坐汽车，回来时你还在河边草地上翻了个筋斗呢。

久旱逢甘雨，他乡遇故知，皆是人生快事。而此时，我有一种眼眶发热的感觉——特首居然记得这件我以为没有第二个人会记得的小事。

像受了很久委屈终于被妈妈发现是误会的孩子一样，怎能不鼻子发酸呢？我多想唱一唱刘帅哥的《男人哭吧不是罪》啊！

特首好学，因而自小就成了我们一帮小伙伴的学习榜样。"你看看人家特首……你也不知道向人家学学，光知道玩！"父母常常这样教育我。

当我们双双考入县城的中学时，我的生活费常常没到月底就花光了，只有跟着同学校的姐姐蹭饭吃。而特首月底总会用节余的钱，买一些旧的书籍。

农村的暑假没有太多的课余活动，顶多在木制的简易乒乓球台上打打球，或是下下象棋。更多的时候，我赖在特首的小屋里，光着膀子，看他那一摞摞的书。

谈话很少，我自顾拣自己喜爱的书看。对面小桌上，特首通常是一边阅读，一边在小本子上做着记录。《红与黑》《少年维特之烦恼》《水浒传》等许多经典著作我都是在特首的陪伴下读的，这段经历也让我至今保持着阅读的习惯。

如今，妻偶尔也会提点一下我：你也多学习学习，看看人家特首……

特首的小宝宝也快一周岁了，然而他青春的印记仍深驻在我脑海里。中学时男女同学都是情窦初开，特首也不例外地走进了多彩的爱情海洋。

夏天的夜晚，我俩并排躺在院子里的竹凉床上，悄悄地说着爱情的话题。偶尔周末去他学校玩，他总是忙着在给他的她补课。

他中学担任了多年班长，学习成绩优异，帮帮同学也无可厚非。有次我去找他时，他带我去了女孩家。女孩的母亲热情地招待我们，煮了一高压锅薏米猪蹄汤，被"先吃"的我俩吃了个精光。

那次我知道了，女孩家对于女孩带特首来家补课的要求是，"不准锁门"。这句话后来经常被我用来开玩笑。

在高中的最后三个月，我来到了特首所在的班级插班，我才真正清楚了特首对感情的投入程度。当他确定了报考军校后，大部分的空余时间都是与女孩度过。

特首顺利考取了西安空军工程学院，在那里度过了他的本科和硕士研究生阶段。而在他读研的第一年，女孩也成功考研来到西安，结束了万水千山相隔的日子。

特首与女孩真正的幸福生活需要自己耕耘，千里之外的感情会在电话和书信上唯美，两厢厮守的爱恋在生活的点点滴滴中体现。

也许经历风，也许经历雨，然而两个深爱的人终于在 2006 年携手结束了 9 年的爱情长跑，走上了鲜艳的红地毯，在祝福声中开始了甜蜜的小日子。

　　在考入军校的同时，特首入伍成为一名光荣的中国人民解放军空军战士。拿到录取通知书的时候，村里的邻居在热烈祝贺我们之后总要问，考的什么学校啊？特首就说，西安空军工程学院。他话还没说完，人家就说，哎呀，好学校啊，西安我知道的，"西安事变"嘛！然后又是一番祝福。

　　接着问我，你呢，什么学校啊？我就说是西南交通大学。人家茫然，又问，在哪呢？我说四川成都。人家就很惋惜地说，哎呀，怎么考到云南、四川去了。在老家，人们总喜欢用"云南、四川"来形容偏远，好像比天涯海角还远。

　　西安、成都，两个西部大城市在地图上的距离并不遥远，却因为入川的道路崎岖，使得我直到大四的五一才有机会来到特首所在的城市（特首到成都却是在我毕业工作离开成都后）。在西安，我见到了古香古色的城楼，吃到了闻名遐迩的灌汤包子和羊肉泡馍，听到了城墙边黄昏的清风中纯朴的秦腔，体会了一把军校的生活，领略了一番华山的险峻。

　　而真正沁人心脾的，是儿时一般温馨浓厚的情谊。

　　当我走在西安的大街小巷，爬在华山负角度的通道，望望身边一身戎装的特首，我特安全，特骄傲。

　　有很多人永远不会成为朋友，甚至亲人之间也难。虽然我和特首性格迥异，我动，他静，然而我一直认为他是我很好的朋友。从小一起玩耍，一起学习，即便相隔两地，也不忘书信或电话相互鼓励。特首就像一面镜子，让我看到了自己内心。

　　我曾经天真地想，要和特首待在一起一直到老。在一次特首来电述说他的苦恼时，我很想辞职去他所在的城市生活。如今我们都各自有了自己的小家庭，却丝毫没有影响我们的交流和友谊。

　　朋友如酒，越久越醇。我想也许等我们都退休了，我们又可以过回童年的生活。

第二章 ——

CHAPTER TWO

与你同行

不远处丁字楼前的桂花树下，黄白色的花朵撒了一地，阵阵幽香从树上倾泻下来，随着夜风，悄然在校园里漫了开去。

许多年过去了，我常常会在某个时刻，想起丁字楼前的两棵桂花树。

初春

　　立春过了好些日子了，天气却还是寒冷，校园里的小草半遮半掩地探出嫩绿的头来。

　　晚饭后、晚自习之前，这是初中的我们最惬意、最热闹的时候。在操场上、草丛里跑得累了的男生，脸上红潮尚未褪去，汗水将眉毛打湿，外套和毛衣脱下来扔在课桌上，只留一件衬衣，犹自用书本扇着风。

　　"他以为高年级就可以欺负我们吗？想得美！"邓荣站在凳子上，慷慨激昂地评说着刚刚经历的一场冲突。

　　女生陆续从寝室出来，头发上挂着细微的水珠，散发着淡淡漂白粉味道的衣服，将原本亭亭玉立的身姿包裹得严严实实。

　　阳林在众多男生的注目礼中，快步走向自己的座位。喧嚣的声音停滞了几秒后，才又骚动起来。

　　汗臭味和洗发水的清香混合在一起，发生着奇妙的化学反应，气氛更为热烈。

　　"胖胖的"是班长李春花的外号，这天恰巧是她的生日，一张婴儿肥的脸比平日里更添几分红晕。她提着一个塑料袋，与范小艳从校门口走来。

　　"生日快乐！"梳着光亮分头的文银最先迎上去，将一个包装精美的礼品递了过去。

"谢谢！"李春花将手中的塑料袋撑开，"来，吃糖。"

范小艳却是将礼品接了过去，随手拆开，一个带着精致小锁的笔记本在灯光下格外气派。

刘英、王志超等人也走过去，送上笔记本或者是一张贺卡，再从李春花的袋子里抓几颗糖，有说有笑。

走到我的位置时，李春花将塑料袋伸过来，"吃糖。"

"哦，不用了！"我说着话，狠狠地咽了两口口水。

她不再勉强，从我跟前飘了过去，邀请后面的同学吃糖。

"还给你。"黄勇军走过来，将戴了三四天的羊毛围巾放在我桌上。这是我爸从新疆带回来的全羊毛围巾，二十几块钱，我半个月的生活费。

虽然围着很暖和，但是瘦小的身板在长围巾的衬托下甚是滑稽。我便主动给挺拔的黄勇军试了试，原本标致的小伙子越发玉树临风，于是便借给他戴几天，希望他能引起隔壁班那个人的注意。

"戴了也不给我洗！"我看着围巾中间发黑的位置，撇了撇嘴。

"哈哈，你最勤快了，你自己洗啊。"黄勇军说完，朝围着李春花的人群走了过去。

我情绪低落地盘算着这个月的生活费里是否还能挤出一个笔记本的钱。年少的心里固执地坚守着无功不受禄，要享受漂亮班长的生日氛围，就得准备一份礼物。

晚自习的铃声响起时，我沮丧地望着欢欣雀跃的那一小群人，失落和无力感油然而生。

"啊！"几声尖叫，原本抖动不已的日光灯突然黑了。

停电了！这对于我们来说并不奇怪，心里对停电还有几分期待。

就着阳恩清的火柴，点燃了半截蜡烛，我看着跳跃的烛火发呆。

有男生将铝合金勺子插在课桌侧面的缝隙，将一小块蜡烛放在勺子里，再用蜡烛在勺子底下烧，当勺子里的蜡烛也融化、燃烧起来的时候，将小半杯水倒了进去。

"哧！"火苗腾起半米高，将整个教室都照亮了。

"干什么啊，笼中鸡！"李春花大声喝止，放下手中的糖果袋，走向前排。

"不是我啊，胖胖的，"隆执中愤慨地站了起来，好斗的小公鸡般昂着头，"是杨仕燕，不是我！"

"叫死啊！"教室外，巡逻老师洪亮严厉的声音透过窗户传进来。

犹如狮子吼的断喝，让嘈杂的世界安静了。摇摆的烛光下，大家真真假假地翻开书本，圆珠笔在课本上爬行，沙沙一片。直到老师走远，教室里才又嗡嗡嗡响了起来。

"我写了一首诗，你看看。"后座的罗平辉递过来一页纸，抬头写着"贺春花同学生日"，下面是一首七律，字写得不错，诗句勉强顺溜。

对呀，我也可以给美女班长写首诗作为礼物嘛！醍醐灌顶的我赶紧也扯下一页课本纸，冥思苦想起来。

"怎么样？"罗平辉拍了拍我的肩膀。

"很好的。"我赶紧将他的诗还给他，回过身来，再改了几个字，才另用一页纸工工整整地抄了一遍。

作为男神，如此独特的贺礼当然是珍贵的，李春花收到罗平辉的诗，明显愣了一下，旋即开心地笑了，又从抽屉里掏出装糖的袋子来。

"我也写了一首，祝你生日快乐！"我尾随而至，将写好的打油诗递过去，目光定定地盯着那些花花绿绿的糖。

"谢谢！"她没有接我的纸，只将袋子伸将过来，"吃糖，吃糖。"

我瞄准最爱吃的"大白兔"，伸出了期待已久的爪子。

吃着"大白兔"，整个人都沉浸在甜蜜里，冷风吹进来，烛火跳起了摇摆舞。直到晚上，躺在床上，我还在回味着香甜的味道，梦见了春天的田野，漫山遍野的春花……

第二天早上，我诧异地发现，许多课桌摆在教室外面，满脸怒容的魏老师端立在教室门口，目光炯炯地审视着每一个走进教室的人。

我提心吊胆地走到座位上坐下，偷偷问了魏一波，才知道是怎么回事。

昨晚，当我沉浸在甜甜的睡梦里时，班里的梁百胜、罗钱、阳炎华等一帮人偷偷跑出去看正在热播的《倚天屠龙记》。魏老师检查就寝纪律时，发现宿舍一个人都没有，于是跑到门卫室守着。

机灵的同学们老远发现了他，于是全都从三食堂后面的围墙翻了进去。守了半天也没见一个人影的魏老师担惊受怕，再次回到宿舍查看，却发现整个宿舍的人全部都在，而且睡得很香。

太无法无天了！这下老师火了，大清早就将整个宿舍同学的课桌搬到了外面，让他们回去叫家长。

苦着脸的同学低声地跟魏老师认错，过了半晌，老师的脸色才有所好转。"每人写一份检讨！"最后魏老师降低了处罚标准。

几个同学轮番上台读检讨书，成了晚自习一道别样的风景。

吴振读检讨书时，打着厚厚摩丝的肖勇坐在最后一排掩着嘴偷笑，不想魏老师走过来，敲了一下他的头。

"笑什么笑，也想上台是吧？"说这话时，平时不苟言笑的他，嘴角已溢出舒心的微笑。

新换的日光灯管格外明亮，转头望时，一头长发的阳林正托着腮，似笑非笑地看着讲台上检讨的同学，鹅黄的外套，将她清纯的脸衬得格外亮丽，比昨日更美了几分。

我记得，那已是初春。

两棵桂花树

丁字楼前，有两棵桂花树。

学校的行政楼由两个垂直的部分组成，像极了一个"丁"字，于是全校师生都更习惯称之为"丁字楼"。它是学校的中枢，学校领导和各行政部门都在里面办公。

沿着石阶走上丁字楼，两棵桂花树分立于大门两边，一样的碗口粗细，一样的枝叶茂密。有风吹过，两棵树便都低吟浅唱起来，遥相呼应，此起彼伏。

上课铃声已经响过十分钟了，漂亮的英语老师正在讲解元音与辅音，面容和善，声音悦耳，素色长裙不时摇摆。

那是 1993 年 9 月，开学还不到一个月。

我盯着窗外几片摇摇欲坠的树叶出神，暗想枝叶分离是否也会掀起一番伤感？风从窗户吹了进来，隐约有桂花的清香，丁字楼前的两棵桂花树，开得正热闹。前排的戴小桃原本的长发剪短了，黑亮的发丝刚刚及肩，飘过来洗发水的味道，与桂花的香味混在一起，竟似融为一体，越发浓郁。

恍惚间，戴小桃突然转过身来，我赶紧将目光从她头上移开，她却用课本挡着，将一张叠好的纸轻轻地放在我的课桌上。

"这么主动？"幸福来得太突然，总是让人不敢相信，我赶紧将那张纸紧紧抓住，在桌子下面打开。

入眼的是一张 5 元的纸币，纸上有几行娟秀的字迹。

"同学，很抱歉把你的开水瓶打碎了，这是赔给你的钱。不过请你不要再将开水瓶放在课桌底下了，不然下次打了我可不赔。"

哦，好吧！为了打碎的开水瓶，昨天我还沮丧了一晚上，这下可以买一个全新的了。

这个学期从一开始就明显不顺。

由于大哥和大姐都离开二中了，生活费我得自己管理。

"不许用饭票去买零食吃！"开学前大哥一再告诫我。

可是那些冰水、雪糕、油饼、五香瓜子实在是太诱人了，若是不偶尔尝尝，我会觉得人生是不圆满的。于是，原本一个月有 45 元的生活费，此时还有一个礼拜才放月假，我却只剩 6 元钱和一些饭票了。

再也不能一没钱就去找大姐要了。我在草稿纸上谋划了半天，发现怎么也不够一天吃一顿荤菜了，于是头一次感觉到吃饭成了令人头疼的问题。

书上说幸福的生活千篇一律，不幸的人生各不相同。非常有道理！要不然我怎么会连上个厕所都会被人瞄上呢？

前一个礼拜晚自习后，在宿舍后面的厕所外，我随着大队五站成一排小便，也许是我在一排高年级同学魁梧雄壮的身材之中太扎眼，竟被纠察队员选中。84 班的贺志云与另一个男生，一左一右挟了我往政教处走去。

"那么多人，凭啥只抓我？"我愤愤不平地抗议。

"叫什么名字？哪个班的？"值班老师并不理会我的抗议，吹了吹茶杯里漂浮着的桂花，喝了两口，才掏出一个本子，"咦，你是可赞的弟弟吧？"

戴着茶色眼镜的男子，正是教过大哥的一位老师。

"就算别人都在外面小便，也不能说那样就是对的，知道吗？"他板着脸教育了我几句，才把本子一合，挥了挥手，"下次注意！去吧，赶紧回宿舍睡觉。"

走出丁字楼时，我发现门口的桂花树隐约吐出了许多小花苞。

中学好友黄勇军博士有句名言：如果你在二中没有在蜡烛下、厕所里、路灯下看过书，那么你一定不是一名用功的好学生。也许还应该再加上一句：中学时如果你们没有一起在厕所里看过书，那么你们不会是好朋友。

被抓那晚，如获大赦的我暗自庆幸，却怎么也睡不着。

斜对面下铺的胡海波正在鼓捣他用书本围起来的蜡烛。每次有人打着手电筒从宿舍门口经过，他就赶紧把蜡烛吹灭，等外面没了动静，再划一根火柴将蜡烛点燃。火柴"哧"的一声响过，狭小的宿舍便被烛光填满，空气中飘着春节时才常有的硝烟味道。

不到午夜，辗转反侧的我又有了几分尿意。爬起来，望望窗外昏黄的路灯，再联想到几个吓人的鬼故事，终究没有独自前往的勇气。

费了老大劲把罗平辉摇醒。"干吗？"他揉了揉眼睛问我。

"去厕所看书去？"我晃了晃手中的地理课本。

"离期中考试还早吧！"他却一眼看穿我的幌子，不仅看破，还说破，"你要是有这么用功，成绩早上去了。"

我讪笑着解释说早用功好，省得临时抱佛脚。他不再说话，胡乱套了件T恤就爬了下来。

透过厕所的蹲坑往下看，与底部的距离少说也有十几米。这是我见过的颇为独特的厕所，这样设计的好处就是通风、透气、味道小，人蹲在那里，感觉八面来风，甚是奇妙。

既然都出来了，当然是不肯马上回宿舍的。于是两人借着厕所外路灯的光，各自看了一会儿书，再天南地北地侃了一阵，带着满身怪味，打着哈欠回到宿舍。

想着晚饭后就可以去买一个全新的热水瓶了，我开心地将抽屉里的奶粉和钵子掏出来，舀了几勺奶粉，悄悄问后面的陈志平借了点开水。

"要不要尝尝我这个南山奶粉？"端着热气腾腾的钵子，我问同桌刘智勇。

"牛奶有啥好喝的。"他却并没有多大兴趣。

"这个南山奶粉特别好喝。"我急着解释，不由分说将钵子放到他面前。

他瞥了我一眼，不是很情愿地端起了牛奶。

"你们两个……"我满是期望的目光还停留在他微微张开的嘴唇上，就听到严厉的数学老师一声断喝，"给我出去！"

刘智勇狠狠地瞪了我一眼，气恼地放下牛奶。我望着气急败坏的老师，合上书本，站起来往教室门口走去。

快到午饭时间了，一个个挑着担子的师母正往食堂赶，远远飘过来萝卜丝炒肉的味道，肚子适时咕咕叫了起来。

上帝给你关上一扇门的同时，也会为你打开一扇窗。

罚站的糟糕情绪并没有延续太久，午饭时，广播里反复播放着一个通知：请各班生活委员下午一点到丁字楼前领月饼！

孔武有力的生活委员廖水其拎着两个铁皮大桶将月饼领了回来。下午自习课的时候，香喷喷的月饼已经发到大家手上。嘴馋的同学迫不及待地啃掉大半个，将剩下的用油油的牛皮纸包了起来。

然而幸福还不止如此。快到晚饭时，广播里再次传来通知的声音，那声音如此动听——晚上在篮球场放电影！

通知刚播完，整个校园里响起了此起彼伏的欢呼声。即使在教室外巡视的老师们，也不再喝止，脸上溢满了舒心的微笑。

电影一般有两部，一文一武。所谓的文通常是生活片、文艺片等，对懵懂年少的我没什么吸引力，偶有经典对白才能留下较深的印象。然而那晚播放的《我来也》，却让我看得相当过瘾，以至于接下来许多日子，脑海里都是各种侠盗的光辉形象。

电影放完后，兴奋激动的情愫需要一点时间才能消退，校园里游荡着三三两两不肯散去的同学，保卫部的师生们忙着在各个角落巡视，连哄带吓地将他们赶回宿舍。

篮球场上满是瓜皮果屑，在灯光的照射下，犹自彰显着刚刚经历的热闹与繁杂。当空明月越发皎洁，校门上的"隆回二中"四个大字，静静地在月色下散发着庄重而又和蔼的光芒。

不远处丁字楼前的桂花树下，黄白色的花朵撒了一地，阵阵幽香从树上倾泻下来，随着夜风，悄然在校园里漫了开去。

许多年过去了，我常常会在某个时刻，想起丁字楼前的两棵桂花树。

暑假

　　那么多暑假，不得不说的，自然是小学毕业、初中毕业、高中毕业、大学毕业时四个特别的暑假。

　　当我坐在父亲的永久牌自行车后座上，翻江倒海，把吃的饺子全吐出来的时候，父亲最关心的，还是"今天考试怎么样"。

　　隆回二中是县里的重点中学，招生考试独立进行。在刚刚过去的考试中，我的发挥算不上出彩，只能算正常。

　　晚饭时，一家人满是期待地望着我，听我讲白天的考题以及作答。我少有地成为全家关注的焦点，有点飘飘然。关于"移花接木"那道考题，父亲归功于他自己给我讲的三十六计。

　　"肯定没问题！"我斩钉截铁地挥挥手，然后端着装了鸭腿的饭碗，去屋外找小伙伴"现世"去了。

　　上初中之前，出门最远的一次是随着村里的叔叔去二中找大哥，那时我还能免票。走进学校，宽阔的操场和高大的教学楼让我震撼不已。

　　如今二中似乎近在眼前，心就浮了起来。每天焦急地盼望着对面马路上出现邮递员的身影。即便随着家人去地里给柑橘去枝，也是心不在焉，常常把健壮的新枝掰掉，留下了病弱的枝头。

　　一毛钱一根的冰棍不再清凉可口，一年难得吃一次的西瓜也不再香甜。我第一次感受到了煎熬的滋味。

一天中午，正睡得迷迷糊糊，大哥过来揉着我的鼻子。"起来啦，小臭屁！"大哥的声音从未如此和蔼。

我一激灵醒过来，在模糊的视线中看到大哥手中的一页纸。

"录取通知书！"心猛地一跳。

那一刻，盛夏的炎热荡然无存，知了都停止了喧嚣。笑容便绽放在我还稚气未脱的脸上。

此后的傍晚，家人的话题，更多的是教育我作为一个初中生该注意的事项——个人卫生、生活费的管理、学习的态度和方法等，全都摆出来给我讲了一遍又一遍。我一面听，一面抬头望着远山上的月亮，憧憬着即将开始的中学生活。

初次远离家乡的新奇和忐忑很快过去，初中繁忙的学习生活扑面而来。

我并没有太深刻地体会独自生活的苦与乐，因为就在二中，大哥在读高三，大姐在读初三。我的学习生活，尚在他们的监控之中。若坐上5毛钱的"慢慢游"三轮车，半个小时便可以到达县里唯一一所省重点中学——隆回一中，在那里，二哥与我一样，刚刚开始他的初中生活。

懵懵懂懂的初中生活一眨眼就过去了，会考过后自然又是暑假。

从小一起学习玩耍的二哥，与我狠狠地吵了一架，父亲不再偏袒我，暴跳如雷地指着我鼻子骂了一上午。"这次考不上高中就别上学了，给我犁田去！"最后父亲撂下狠话。

我流着泪，开始怀疑人生。怀疑过后，自然是漫长的思考。这期间，我跟着大部队劳动吃饭，就是不同任何人说话。

我紧抿着嘴，倔强地思考自己的人生，梦想遥远的世界。直到会考的成绩单寄来，确认自己顺利进入二中的重点班，才放松了紧张太久的心。

二哥的成绩正好比我高出100分，进入一中的重点班顺理成章。这一次，我没有失落感，倒是庆幸我们两个都平稳进入下一个重要的三年。

我悄悄地跟母亲说想去望云山，母亲担心着不肯答应。

"我也想去。"二哥说这话时，没有看我。母亲这才同意了。

我和二哥各自准备了一个黄书包，装了些花生和糖果。我还偷偷去屋后的橘子树上摘了几个绿油油的橘子。

当月亮刚刚爬上西山的树梢，我和二哥约上村里的两个小伙伴，开始了望云山之行。

望云山海拔不过 1492 米，但走到山脚下就有十几公里的路程。我们一路走走停停，到达山顶时，月亮仍然明亮如镜。缥缈的雾永不停歇地拂过人的脸庞，寺庙里燃着不灭的香火，几个小贩在庙门前低声吆喝。

二哥肚子不舒服，我默默地去买了一份盒饭。夹生的米饭上有几条肉丝和些许豆角，正好花去我身上所有的钱。二哥狼吞虎咽吃下去，肚子不再疼了。他默默地把书包里的花生掏出来分给我们。

当太阳刚刚把东边的云彩染红，我们下山回家，一路行云流水，只是下山时有节奏的冲击，让膝盖隐隐作痛。

下山后走在平路上，脚是舒服了，肚子却固执地响了起来。我和二哥的书包都已经空了，只能眼巴巴地看着同行最大的小伙伴，等他救济。在一家小商店门口，我们一人剥开一粒纸包糖，慢慢地吸吮，生怕浪费掉一点点糖分。路过村中的水井，我们趴在井沿上，喝个水饱。

我们这么挣扎煎熬着回到家，已是精疲力竭，扒拉掉一大碗炒饭之后，双双倒在床上，一直睡到第二天中午。

脚还是肿，腿还是疼，我和二哥相视一笑，一起走到八仙桌前，开始看各自喜欢的书。

高中生活自然是丰富紧张的。

填完高考志愿，在二中门口碰到班主任米老师。他远远地叫住我，身边还有几位家长。"你老老实实告诉我，你估多少分？"他转动着厚底的皮鞋，扶了扶眼镜。

"我，我……580 分。"我咬牙说。

"噫，"他扶住差点掉下来的眼镜，"那你是超常发挥啊！"

我嘿嘿一笑，说偶尔超常一下也是可以的。然后转身跑了。

一中门口的出租屋里，父亲正打点行装，准备回家。

从高三下学期开始，他就把我弄到二哥的班上寄读，在一中门口租房，专门给我们做饭洗衣，家里的农活，基本上放弃了。

二姐复读一年，也是同我们一起高考。她总是顾左右而言其他，不肯透露她的估分。

回到家中，父亲忙着各种农活，晚饭后，会把我们召集起来，开始家庭会议，讨论我们将来的大学生活。气氛通常是热烈的，只是在说到学费的时候，他眉头的皱纹更深了。

通过电话查分系统查到分数的时候，父母都在河对岸锄草。我和二哥兴奋地喊着："分数出来啦……过重点线啦……"声音无比洪亮，响彻整个村子。远远地，我看到父母挺直了腰杆。

当录取通知书下来时，我策划着去哪位同学家玩，二哥自然是惦记着县城信用社家属楼某个门牌号里薏米炖猪脚的味道。我帮他打掩护一起来到县城，他丢下我单独活动去了。于是我在他的同学谭剑波家混了几天，再去自己同学勇哥家混了几天。

通知书有快有慢，或是喜悦或是悲伤的气息笼罩着整个县城。三三两两聚在一起的同学，开始打探其他同学的去向。

老师家开始络绎不绝，有送请帖摆酒的，有提两瓶种子酒的，也有空着手就是登门感谢一下的。老师都是笑眯眯地迎来送往，说些鼓励的话。

"你是个聪明的孩子，将来肯定有出息。"米老师拍着我的肩膀说。

"老师你从前可不是这么说的。"我鼓起勇气抗议。

"哈哈，激将法，激将法懂不？"米老师仍是笑眯眯的，用手指戳着我的额头，"对付你这样的捣蛋鬼，就是要用激将法！"

临近开学，大哥被父亲从军校叫回来，负责送二哥去西安某军校。很多年后，二哥说大哥当年并没有护送他去西安，而是"顺道"去广州见女朋友了，那时的女朋友如今已是大嫂。

我去成都则是由父亲亲自护送，一路吵吵闹闹。到大学里安排妥当，我望着父亲远去的背影，才猛然惊觉，独立的生活开始了。

大学四年，是独立人格形成的重要阶段，我们如自由的野草一般，疯狂成长。当领了毕业证，拍了学士服照片，如火如荼的社会气息，逐步将我们湮没。

"送你时我反应迟钝，直到列车开动，我才开始号啕大哭。"许多年后，大学好友运运跟我说。

学生时代的最后一个暑假，就是在离别的愁云和难舍的泪水中开始的。

二哥和我一样，都要去离家很远的地方工作。母亲一面抱怨，一面点点滴滴地开始准备我们的行囊，这个过程，持续了整个暑假。

我约了中学时的好友罗平辉和黄勇军等人，一起去爬白马山。

罗平辉背着一支气枪，黄勇军揣着一支他哥的电棒，一行人意气风发，拨开杂草，向山顶迈进。

山上只有寥寥几间土屋和一个老道士，待上十分钟便觉得索然无味，雀跃的心似乎只有用奔跑来排解。我们一齐高声呼喊着从山的另一面往下冲，没有路，只有山石和高低不一的灌木丛。

当我们惊险地在悬崖前刹住车的时候，每个人都汗流浃背，有热汗，更多的是冷汗。我们一字排开，死狗般躺在茅草上，让后怕的情绪将我们吞没。

此时二哥自然还是待在那个门牌号里享受空调的清凉，那家的主人全家都对他熟悉了。偶尔我去县城借宿一晚，也能享受到贵宾的待遇。

接下来照样是把能联系到的同学叫上，一通胡吃海喝，叙些莫须有的旧，谈些未来。激动期盼的心却是等不到暑假结束，提前一个多礼拜背起行囊，先去了浙江的大学同学家。他与我以及另外四个同学，将在同一个城市工作。异乡的水土是新奇和吸引人的。我们几个同学在浙江住了一个礼拜，才一起乘坐绿皮火车，去往美丽富饶的苏南。

下火车，转乘 7 路公交车，看着沿途越来越破败的景象，情绪也越来越低落。到达公交车站，眼前出现一个大足球场。

"好吧，至少还有一个球场。"我们相视一笑，紧了紧手上的行李。

报到是很快的，我填了几个表，领了车旅费，就去了新盖的宿舍楼。崭新的公寓式宿舍，两人一间，有卫生间和阳台，有空调和热水器。

我铺开被子，在空调的冷风里美美地进入梦乡。

"喂，同志。"有人叫我，"我叫孙环志，你是新来的吧？"

好吧，清梦被搅了。

暑假，自然离我远去。

这个叫常州的小城，将是梦开始的地方。

春哥的鼻子

　　不知怎么的，这学期一开始就与华姐走得比较近，这位傻大姐小孩子气十足，特好玩。

　　据传，有次老于对红红说："你把我上次送你的大熊猫塞哪儿去了？"

　　"一直放在床头啊！"红红回答。

　　老于不信，便在1号楼下大喊："李——晓——华！"

　　625的窗户开了，华姐从上面探出头来。

　　"你把红红床上的大熊猫抱出来给我看一下。"老于大喊。

　　上面的华姐转身消失。一会儿又探出头来，冲下面喊："床上没有啊，是不是床底下那个？"

　　老于和红红都笑得不行了，华姐还去抱了脏兮兮的熊猫到窗口晃了晃。

　　她也是热心的，这大热天的居然肯陪我去荷花池买红布。红布是为系里边的一个节目买的，作为系学生会文娱委员的露露亲自安排的活。

　　走了好几家店，都有红布卖。原本想让她帮我砍砍价，催了好多次，她才细声细气地问："老板，可不可以优惠点？"话刚说完，自己先红了脸。

　　老板老气横秋地摇着头，脸上却显出无奈的样子："已经是最低价了哦，幺妹，我们小本生意都是弄几个渣渣钱。"

　　买好了布后，她决定不挤公交车，要沿街走回学校去，也就三十分钟的脚程。

路上的行人总是那么多，急急的样子。安详地响着阵阵麻将声的情景，只有傍晚或是入夜才能出现。

　　记得我刚到成都的时候，面对密集的人流与车流，有种呼吸困难想向后躲的感觉。

　　过马路时，华姐小心地挽着我的胳膊。

　　我们都叫她华姐，她也确实大，按我的这种普遍年龄算的话，她大我们四岁，在一起时也觉得如姐弟般亲切。偶尔她暴露出幼稚的本性来，则又成了让人喜欢让人气的小妹妹。

　　永春有句经典的话，"不知她是怎么长大的！"大概概括了我们的心声。

　　"我们顺便去看看徐春吧！"过了马路，她抽回她的手。

　　"对啊，他都住院一个星期了，也不知情况怎么样了。"

　　"他到底咋回事？"

　　咋回事？都是足球惹的祸！

　　虽然当时在场，但我也没料到会到住院这么严重。那会儿大伙踢球踢疯了，整天踢球，踢完球一群人光着膀子坐在小卖部前的台阶上喝饮料，老板便拿出笔记本来一个一个地数瓶子记账。那天也不知是怎么搞的，爱摆臂的西西的肘部击中了春哥的鼻子。

　　球场上受点伤原本是很正常的，但西西的动作潜在很大的危险性，这次春哥倒霉给碰上了，鼻子流了点血。当时大家也没当回事，由永春陪着他先回去了，等到踢完球回去时，才知道春哥的鼻子骨折了，学校医院治不了，已经转到了铁路医院。这一住就是一个星期。

　　找病房花了我们二三十分钟的时间，要不是走廊里偶尔有身段婀娜的护士走过，我早就不耐烦了。

　　"华姐，终于把你盼来了啊！"李勋突然从一个病房里冒出来，"你不知道，春哥晚上做梦都叫着你的名字。"

　　"是吗？"华姐侧身走了进去。

　　"怎么样啊徐春？"女生一般不会叫春哥，华姐也不例外。

　　春哥微微抬了抬头，看了我们一眼，鼻子像是堵塞了，嘴里呼哧呼哧地喘着粗气。

"还没死呢，我们春哥是多么强壮，像公牛一样。"钱杨正在剥一个大柚子，"华姐你怎么来也没带点东西啊！"

我本想说带了斗牛的红布啊，但看着病床上血迹斑斑的床单，我嗓子发紧，说不出来。

春哥的眼睛深陷了下去，平日里刚毅的面容消瘦得现了凸出的骨头，鼻子大概是由于手术的缘故，鼻孔张得特别大，里边塞着棉花、纱布之类的东西，周遭隐约有片片血迹。

曾经壮得像头牛的春哥，此刻静默沉寂在那里，力气仿佛都从他身上游走，理了平头的头发都一片片颓萎下去，东倒西歪地贴在了头皮上。他的右手用枕头垫着，一根输液管从上面垂下来，药水一滴一滴滴下来，听不到声息。

他似乎不愿说话，或是很艰难了，脸上勉强牵动几块肌肉算是笑。

我突然有种鼻子一酸的感觉。看样子，他的情况远比我想象的要严重得多。

"哇，春哥你是不是妒忌我当初得肺炎住院，那么多同学来看我，你也要来一次才平衡啊？"我接过钱杨递来的柚子。

春哥努力地笑了一下，轻轻说："是噻。"

声音带着嗡嗡的声响，我的耳朵也要随之响起来，好像是自己平日里努力要区分"in"和"ing"时那种感觉一样，浑身有种无处发力的难受。

华姐在那边问李勋有关春哥的情况。

永春向我递了几次眼色，我便跟着他走出病房，到过道的楼梯口才站定。

"怎么这么糟糕？"我原以为住院休养两天就没事了。

"鼻梁骨折，做过一次手术了，没成功，我估计是医生没弄好，还得进行第二次手术。"永春的眼睛在镜片后定定地望着我，脸色铁青，"医生不知怎么回事，几天了也没说怎么解决，只是每天有人来给他清理一次鼻腔。每次要流好多血。"

"他自己很紧张吧？他家里知道不？"

"他就是太紧张了，又不愿让家里知道，整天郁闷得要命，担惊受怕。"

"越那样越是恢复得慢。都已经这样了，就该想开点嘛。"我在生病上积累了许多经验，"他吃东西怎么样？"

"他自己又不肯说。我们给他买的东西大概是不合他胃口，都只吃一点点，吃的药比吃的饭还多。真是的，不吃饭怎么恢复！"永春很不满。

"大家都两三年同学了，兄弟一样，不该见外了。"我想春哥平日也不是与太多同学交往的，有点内向。

"我估计后面的时间我们得轮流来看他，他情绪太低落了。"

"没问题的，走，进去吧。"我把柚子皮塞到墙角的垃圾桶里。

春哥已斜靠着床坐了起来，华姐在旁边一勺一勺地喂他吃刚才在路边小店里买的豆腐脑。

"哟，春哥你娃儿幸福哦，华姐喂饭。"我的话引起共鸣。

春哥仰着头一边换气一边咽豆腐脑，由于鼻子不通气，嘴里的豆腐脑很容易随呼吸掉出来。

"你还没幸福够啊！当初在学校医院里骗了华姐多少条鸡腿？！"钱杨一块柚子皮丢过来。我一闪，柚子皮"叭"的一声正中后面李勋的脑瓜。李勋捡起地上的柚子皮还击。

"哎哟，勋哥，我错了，我错了！"钱杨抱头鼠窜。

"华姐有鸡腿吗？"我笑着跟永春说。

他摸了摸鼻子，没吭声。这家伙当年在我的帮助下居然也没能将华姐追到手，却留下了后遗症，总是明里暗里护着她。

想想也是，他那写情书的水平实在是太差了，不知道他的语文是不是体育老师教的。记得他有一个加密的A盘，每天记录着想对华姐说的话，有次不经意我瞄见了其中一句，"今天你穿了一件黄褂子，好看！"当时好在我嘴里没东西，要不然肯定得噎死。

这时，有个医生进来，端着一个放了些夹子和纱布之类的盘子。钱杨与李勋停止打闹，过来坐在旁边的病床上。

"今天感觉怎么样？"医生一边用手电筒探视春哥的鼻孔，一边用一把夹子把鼻孔撑得跟牛鼻子似的。

"没什么变化。"春哥像只被牵了鼻子的牛，泪珠儿在眼眶里打转。

"别紧张，别紧张，啊！"医生示意我给他端着一个小盒子，靠在春哥的鼻子下面。他用镊子夹住了鼻孔里的纱布往外拉，纱布沾满了块状的淤血。再用干净的纱布蘸了酒精清洗鼻腔时，春哥脸上的肌肉开始抽筋似的抖动，眼睛紧闭着，铁样的汉子眼角渗出了泪珠，额头上全是汗。

所有人都站起来，围在周围，静静注视着医生的手，还有那淌着血的鼻子，没有人大声呼吸。华姐已经看不下去，悄悄转身出了病房。

"大夫，这样流血有没有办法解决？"我真是有点恨这些按部就班的人。

"要吃好，同时自己别太担心、太紧张，这样才能好得快点。"塞了干净的纱布后，医生开始收拾他的盒子，"越害怕越可怕，啊！"

医生走后，所有人仍是没开口说话，扶春哥躺好时华姐正从外面进来。

经过又一轮折腾之后，春哥已没有力气睁开眼睛，宽大的身体软软地躺在那里，一动不动，每一次呼吸都显得特别吃力，喉咙里似乎堵着液体，上下气时响得人心里发怵。

"这样子下去不行。"回学校的路上我跟永春说，"下午我去小吃一条街弄点炖菜来。"

"对对，我就觉得他吃饭时很痛苦，嘴巴一动鼻子就疼得要命，因此他都不太肯吃。"永春一下一下地挥着手，像搞理论分析似的，"你想吧，只有炖得很烂的东西才吃得下去了。"

当烧烤的青烟如往日一般将东门笼罩，我和永春又来到医院。

事实也跟我们分析的一样，春哥不是不饿、不想吃。当晚上我跟永春带给他一份"胖哥餐馆"的雪豆蹄花汤时，他呼噜呼噜连猪蹄和雪豆花汤解决得干干净净。

喂他吃完了，我把带来的军大衣给他盖上，他垫了枕头靠在床上定神地望着墙壁。

"怎么样，春哥，饱暖思淫欲啊，是不是特想那个谁啊？"我说。

"小红！"永春在旁边提醒我。

"对对对，小红。"我笑着摸摸春哥的脸。他的脸蜡黄。

嘀嘀嘀……春哥的传呼适时响起。他拿起来按了一下，就笑着递了过来。上面显示一个市内电话。

永春接过去瞄了一眼就说："哇，说曹操曹操到。"说完了，就到墙根摘下电话来回电话。医院这点倒是想得周到，每个病房里都配备了IC电话。

"喂……你好……我是春哥的同学。"永春边说边看着春哥暧昧地笑，"你晚上过来吗……哦哦，好的，没事，放心，我们同学就像兄弟一样。好的，再见！"

"怎么，泡汤啦？"我狐疑地问道。

"说好今晚来看春哥的，现在又说加班不来了。"永春把电话卡摔到床上。

春哥木木地看着他，没说话。

"这么绝情，春哥，甩了她……"我没见过她，这种情况下也会为他鸣不平。

"就是，甩了她！"运运不知什么时候进来了，后面还有选选，"不过，你们说的是谁啊？"

"运运，不了解情况就胡乱发言，这可不是科学的态度啊！"永春又开始挥手了。

"我们给你买了点香蕉。"选选把香蕉放在床头柜上，说一口老家普通话，"顺便来欺（吃）点柚几（子）……听说你这里柚几（子）比较多。"

"选选真是太坏了。"运运一脸严肃地说。

"你们俩串通好了吧？"我递给运运一块柚子皮，"柚子没多少，柚子皮倒是有一筐。"

"春哥你晚上吃的什么？"运运趴在床头，睁着黝黑的大眼睛，专注地看着他。转眼发现了旁边装骨头渣子的饭盒，马上明白了，"哇，春哥你娃咋个那么凶，一份猪蹄你一个人吃了唉。胖哥那儿的蹄花汤也真是巴适（巴蜀方言，指舒服）得很。运运，你说是不是？"

这样闲聊了一会儿，吃了一个柚子，便有护士来查房。给春哥量体温时，运运坐在旁边床上，只见护士弯下腰去撅起浑圆的臀，他铁了心要等她转过身来看看才行。待到体温量完了，护士仍没有转换角度，径直背对着运运走出门去，到门口时突然转过身来对我们说："你们要早点离开啊！"

运运终于见到护士的正面了，失望地咧了咧他性感的嘴。我们幸灾乐祸地笑开了。

回学校的路上，我们还在笑。笑着笑着，有种莫名的心痛在蔓延。

后面几天，没有约定，总有同学炖了肉菜送去。春哥的食量也渐渐恢复，脸色红润了。第二次手术很成功，他的鼻子不再流血，只是晚上睡觉时为了避免阻塞，他在自己的嘴里安了根钢笔管。我们打趣说春哥你真牛，吸雪茄上瘾了，睡觉都要叼上一根。

一天，我们在体育场看台上打牌。耀眼的阳光直射在身上，燥热难耐。

"听说昨天春哥又大出血了？"黄丽打出一对 Q 调主。

"是不是哦？"我拿牌的手定住了，心跳得很快。

"你不知道……一对 7！"王露出了牌，又对黄丽说，"好像还休克了。"

下面的牌我就不想再打了，让高磊接了去，自己径直回了宿舍。永春不在，祥哥也不在。我赶紧换了件衣服往医院去。

在医院的过道里，我碰到了站在窗户旁发呆的祥哥。

"也不知道咋回事。"祥哥忧心忡忡地说。他大我三岁左右，却是成熟得如早我们一个年代，眼里时不时闪现点沧桑。他特别喜欢做理论讨论。在睡觉前的晚上或是周末的下午，他会坐在床上跟高平、李勋辩论爱情婚姻，跟易峰、小广谈托福考研，跟小治、张水春讨论政治历史，当然也会静听任何一位同学的倾诉——除了爱说，他还是一位很好的听众。在寂寞、兴奋或是受到刺激的时候，我常常会与他聊上半天。

此刻，他的眼睛里却一点也找不到自信与坚强，软软的全是迷茫。

"又大出血了，流了好多，还差点休克。医生说可能是永春给炖的鸡里的那些药材引起的。"他像是自言自语。

"药材？"我吓了一跳，"什么药材？"

大家聚在28块钱随便吃的火锅店里酝酿分别的眼泪，许多大学时的小故事、小情节被翻出来调笑一番。

心底的话，未告的白、曾经的疼，交汇在一起，伴随五颜六色的酒水，顺着喉咙灌下去，吐出来。

"就是你们平时煮排骨啊什么的放的那种像树根一样的东西。"

"那不是随便吃吃的吗？"有时我们会去超市里买来煮汤喝。

"但医生说那东西提火。"祥哥捏弄着手里的柚子皮，"永春都哭了。"

"放心，没那么严重！"我向他笑了笑，心里空空的。

进入病房，看到春哥嘴里含着笔管，似乎是睡着了。永春神色黯然地坐在床头。我过去拍了拍永春的肩膀。床头柜上的保温瓶没盖，里面还有半只吃剩的鸡。

"我不知道它会提火……"永春懊恼地说。

我笑笑，没说话。一切语言，竟似多余。

病房出奇安静，窗外偶尔响起汽车喇叭声，像是从另一个空间传来。阳光懒懒地趴在窗台上，温热恬静。

我呆呆地望着轻微晃动的吊瓶，突然感觉时间停止，一切似乎美好如初。心从未有过的安定。

翌日，春哥的父亲从老家赶来，消瘦的汉子强忍着泪水，不停地摩挲着春哥的脸庞，"娃儿你咋个不早说呢……"他低声呢喃。

我啃着来自春哥老家的玉米，簌簌泪下。

小时候，每次受了委屈，遭遇挫折，只要父母在身边，心就会很快恢复安宁，充满力量。

父爱如山。即便是他消瘦如此，当他父亲出现在病房的那一刻，我感觉到春哥长久以来紧绷的神经松弛了下来。

等我从洗手间出来，春哥的父亲正神情轻松地安慰永春，"你们也不用太担心，安心学习，这边有我呢！"

见我过来，他用粗糙的手拍了拍我的肩，温暖而有力。

几天后，春哥出院了。

几星期后，春哥开始来找我互相按摩。

不知从什么时候开始，春哥的鼻子恢复如初。

大家似乎忘却了这件事，又各自忙碌起来，泡妞的泡妞，打球的打球，四个宿舍同时看电影，八台电脑联网打星际。我照样会在嘈杂的录像厅里，在西甲球赛开始十分钟后沉沉睡去；也会和运运一起去图书馆占好座位，用单放机听"盼盼英语"听到睡着，直到管理员来将我叫醒。

　　当2002年夏天，大家聚在28块钱随便吃的火锅店里酝酿分别的眼泪，许多大学时的小故事、小情节被翻出来调笑一番。心底的话、未告的白、曾经的疼，交汇在一起，伴随五颜六色的酒水，顺着喉咙灌下去，吐出来。

　　露露和丽丽在张胜两边依偎着低声细语；大广、曹彬与小鬼抱着酒杯喝得肝肠寸断；大长腿上包着中国风印花修身棉质裤的媛媛与直发黑亮、面色淡然的菁菁安静地喝着果汁；李妍腻在姜明怀里嘟着小嘴……

　　"春哥的鼻子比以前更帅了！"老于刚喝完一瓶被泥鳅灌了二两二锅头的啤酒，惨白着脸色，哆嗦着声音，含情脉脉地望着春哥说。

　　夜幕悄然降临，成都的街头已是万家灯火。

壶
徒

敢叫壶徒的人，一定很爱壶，而且有很多的壶。

除了在宜兴的工作室里，我从未见过那么多的壶。在他家的车库里，书架上，茶几上，全是紫砂壶。在客厅的两块竹子上，有一副苍劲有力的对联，仔细一看，也是紫砂，国家级工艺美术大师徐秀棠的作品。

一个空闲的周末，我与莫莫一起去找壶徒喝茶。

"还是来家里吧。"壶徒说。

他是个简静的人，不爱呼朋唤友，圈内许多想去他家观摩紫砂壶的人都未能如愿。我能经常去他家喝茶赏壶，只因他把我当朋友，差了十几岁的朋友。最开始我受宠若惊，慢慢归于坦然，唯存崇敬和感恩。

"喝什么茶？"进门第一句话，他必定这样问。

能说这话的人，一定有很多茶，很多好茶。

我一面换鞋，一面思索。香甜软糯的顶级宜兴红茶口感不输金骏眉，嫩绿肥厚的千岛湖龙井浓香耐泡，清新靓丽的安吉白茶淡香爽口，越陈越香的普洱醇厚醉人。

"还是普洱吧。"三人喝茶，普洱似乎是极佳的选择，"要国立定制2003年那款。"

"就你挑。"莫莫白我一眼，"你能喝出好坏吗？"

壶徒笑笑不说话，从书架底下翻出一个纸包来，又从柜子里拿了一个石瓢壶，就开始静静地煮水洗茶。

"我不一定能喝出好坏，"我在红木椅子上坐下，"但我记得那款茶的味道。"

"这款确实是好茶，"壶徒将泡好的茶分到我们跟前的紫砂杯里，酒红色的茶汤腾起一片白雾，"喝一片少一片了。"

两杯温热的普洱下去，深呼一口气，茶香溢满心间，整个人都惬意了。

"这是鬼才新作。"壶徒从书架上拿下几件造型奇特的小摆件，有点像蜡烛，又有点像油灯，"他用尾料随手捏的。"

我和莫莫拿在手里，翻来覆去看不出个所以然来。

"鬼才对泥料的把握到了出神入化的地步，你看这一套抽象作品，表面的纹路其实是抹上一层黄褐色的泥，用手推出来的。可以说，他想做出来什么颜色，作品出来就是当初设想的样子……"说起紫砂作品，壶徒开始眉飞色舞，"他的明针功夫也是一绝，你看这光泽，跟玉一般，新作品就如养了很长时间一样润泽……"

摩挲着温润的紫砂，任它随着角度的变化散发出不同的光泽，心便慢慢静了下来。将几件古董紫砂壶一一拿在手上细细端详，前人附于壶上的感触情怀，穿越时空，将我击中，我感觉到脑海里某个地方轻轻地颤抖，耳边似乎传来浅唱轻吟。

他有点清高，轻易不愿把人称为"朋友"。

"君子之交淡如水"，刚认识壶徒没多久他对我说。这话耳熟能详，通俗易懂，但真正要做到却是不易。他还说，茶是水中君子。他几乎滴酒不沾，十多年来，唯一一次见他喝酒是他闺女拿到香港城市大学的录取通知书时。

2007年八月，我刚从西藏回来的当天晚上，他约了我和另一位朋友，三家人小聚，分享喜悦。

多年来探索和实践自主式教育方式，他无疑成功了，一向淡泊的他，还是禁不住这份欣喜，嘴角向上微微翘着，连招呼服务员都是极其和蔼的。那天他主动把我的啤酒拿去倒了大半杯，挨个与我们碰了杯，一饮而尽。

从高原返回平地的我，则在喝了两瓶啤酒之后差点进了医院。但心情同样是愉悦的，因为一个执着的人，用十几年时间证明了自己的坚持是值得的，而这份向上的情怀，还将延续。

他是个宽容温厚的人。熟了之后，我更愿意泡杯清茶，听他讲对于工作的态度，关于人生的思考，以及做人的道理。对于工作生活的许多困惑，我也愿意说与他听。他是一个很好的听众，我说任何事，他都是面色平静、目光柔和，静静地等我说完。

那样的目光总是温暖和鼓舞人的。在我最艰难的几年里，壶徒一直开导和激励我，让我保持信心和希望。

最开心的事，自然是随他一道去宜兴，去拜访各个层级的壶作者，去品香甜的宜兴红茶，去观摩造型各异、构思独特的紫砂壶，去吃郊外当季的果蔬野味。

他是个细致的人，一路上他会提前告知我整天的计划，征求同伴的意见，再与壶作者们电话确认。

无论是国家级大师徐大师和何大师，还是特立独行的王者鬼才顾佩伦、研究员高振宇，或者青年艺人中的佼佼者徐志倩、吴曙峰，以及快速成长的樊建平、顾亚明，见到他，都是笑容满面。那笑容发自肺腑，如暖阳渲染整个空间。

壶作者爱跟壶徒讨论一些技术上和美学上的问题。新创作的作品，摆在茶海中间，几个人轮番把玩品鉴，纷纷发表自己的观点。壶徒会在仔细观赏掂量感受之后，说上寥寥数语。但他的话，通常会引起大家的共鸣。

那一刻，我明白了他在紫砂圈子里受欢迎的原因。他收藏的老壶常常能让壶艺人见识到不一样的创作，眼前一亮；他对壶的认知和理解，能帮助壶作者改进和提升；而他对具体作品细节的鉴赏往往一针见血，这恰恰是相对封闭的紫砂圈里最为稀缺和需要的。

"只有见过好的，你才知道差在哪里。"他说。

然而他还是个谨慎的人，对于不熟的人，轻易不会评论。一些业内的玩家慕名前来请他掌眼，他是不会轻易去的。

他在紫砂这个喜爱的行当里，摸爬滚打几十年了，吃过苦，上过当，也收获了赏心悦目的作品、交心的朋友和喜悦的心情。"所有的经历造就现在的我，因此要感激所有的过往，要肯定自己的汗水和付出。"他喝着茶，像是自言自语。

阳光明媚的春日午后，正是油菜花开得自由散漫的季节。徐大师午睡后来到大厅，端起紫砂壶，往专用的紫砂杯里加了点热茶，轻啜几口，才扭头问专心泡茶的葛烜："杨明华今天没来吗？"

"您整天就念叨他……"一旁静静端详小明新作的徐立小声抱怨。

徐大师没说话，却爽朗地笑出声来，因为此时，一个身形瘦高、头发微卷、满面春风的美男子，正推开大厅的玻璃门走了进来。

是的，壶徒！亦师亦友的壶徒。

川味香肠

大四下学期刚开学，钱杨从老家南部县带来一箱腊货。腊肉、猪耳朵、腊肠都已洗净晾干，整齐地码在大纸箱里。

宿舍楼管理员偶尔会趁上课时间，挨个宿舍检查违规使用的"热得快"、酒精炉、电饭煲等，一旦发现，直接没收。4336室的电饭煲能幸存，得益于每次用完，祥哥都会把它收拾干净，放进柜子里，用衣服盖上。

钱杨踢足球、打篮球、看球赛，每天忙忙碌碌的，除了睡觉很少在宿舍，他的腊货，就被我们瞄上了。

周末的下午，割一块腊肉，切一只猪耳朵，取一根腊肠，一齐放入电饭煲里煮，二十分钟左右，香味会弥漫到整个三楼的楼道。

闻味赶过来的勋哥、晖哥端着饭缸，从锅里捞两块腊肉或者猪耳朵，一边吃一边走去食堂打饭。我和永春通常是守在电饭煲跟前，等腊肉香肠熟透了，一样一样夹出来，在砧板上用水果刀切成小块。等祥哥从食堂打回来两大缸米饭和一些蔬菜，就围在书桌跟前开启饕餮模式。

腊肉最好吃的是肥瘦相间的五花肉，猪耳朵的软骨嚼得唇齿生香，而香肠里的花椒，麻得舌尖舒爽。常常煮的菜吃完时，惊觉肚皮已经滚圆，这才意犹未尽地抹抹嘴，再将纸箱里的存货打量一遍，思考着下次吃哪块。

也有踢球到很晚的时候，特别馋，就鼓动祥哥将电饭煲取出来，煮上一根香肠，加到泡好的方便面里，那香味，能让睡着的人馋醒。

当有一天，钱杨想起他的腊肉香肠来时，箱子里只剩下了一条咸鱼！咸鱼因为有骨头，不方便切，就这么被人嫌弃地留了下来。

"畜生，你们这些畜生，一根香肠都没给我留！"天气越来越热，为了防止变质，钱杨悲愤地骂了一遍，才把咸鱼用绳子穿起来，挂在三楼过道尽头的窗户上。

偌大的咸鱼在风中摇曳了两个月，成了一道别样的风景。直到被打扫卫生的阿姨当垃圾收了去。

工作后，同时入职的一位四川女孩，个子小小的，年纪大我们同届的几岁，我们都叫她席姐。每年回家过年，她都会带一大袋香肠过来。

其时单位所在的区域没有食堂，为了方便带饭的同事，每个部门都配备了冰柜和微波炉。

部门的大管家翁师傅会把香肠放在活动室的冰柜里。下午大家不忙的时候，取两段香肠，放在玻璃饭盒里，再加水直至没过香肠，放入微波炉大火转十分钟，香肠特有的香味就会勾起大家的馋虫，纷纷围过来。煮好的香肠膨胀开来，一粒粒的肥肉晶莹饱满，点缀其间的花椒和红辣椒分外诱人。

翁师傅笑骂着将猴急的陈工伸过来的"爪子"一把拍开，不急不慢地用小刀将香肠切成一截一截，再变戏法般变出一桶牙签。早已心急如焚的人们，用牙签挑一截滚烫的香肠，塞进嘴里，倒吸着凉气，嚼得肥油都要溅出来，才心满意足地忙活去了。如此一袋香肠，能吃到四五月份。

间或也煮我带的湖南腊肉，只是切起来非常费劲。而猪血圆子，他们大多吃了一次之后就不再牵挂了，因为黑乎乎的外表让他们心有惴惴。

在资阳待了十几年的翁师傅，优雅地端坐在办公桌后，再一次给我们讲起当年支援资阳工厂建设，以及在资阳的一些过往，目光灼灼，声音温柔。

当不再有香肠解馋的时候，有同事从超市买来川味香肠，按照同样的方法煮了，辣味和麻味有了，嚼在嘴里面面的，却完全不是那个味道。

"自家做的香肠，肉会多很多。"席姐尝了尝，说道。

只好憧憬来年春节，她再带来她自家做的香肠了。

一个冬日的午后，大学同学红姐来电话告知已抵达常州，参加建行的培训。我下班后就赶过去与她一起吃了个饭。聊天叙旧感叹时光飞逝之余，我打趣她说这么老远过来看我，也没带点东西。

"听说你喜欢烧菜，也喜欢腊肉香肠。"她笑着说，眉宇间少了学生时代的青涩，多了几分淡定从容，"给你带了一点。"

饭后去她宿舍取，这哪是一点！一个大纸箱，满满当当全是腊肉和香肠。我吃力地扛起箱子下楼，不由得感叹瘦弱的她不远千里带来的这些美味，承载了沉甸甸、暖洋洋的同学情谊。

一箱腊肉香肠冰箱是塞不下的，好在每一件上都单独拴好了绳子，只需挂在阳台竹竿上，就能吃一整个冬天了。

蒜苗炒腊肉固然是美味的，而将肥瘦相间的腊肉切成五六毫米的厚片，撒点干辣椒，盖几根姜丝，用大火蒸了，同样诱人。要是将腊肉和香肠一起煮了，在干净的砧板上切片，再整齐地码在一个碟子里，撒点葱花，那就是无与伦比的腊味双拼了。

如此换着花样吃，竟把馋虫勾了起来。没有香肠吃的日子，偶尔想起来，总是要咽几口口水。

每年冬天，常州一些人家会把香肠晒在外面的架子上，我却是一点也不期待的，因为大部分香肠都是甜味的。我还是更期待辣辣的、麻麻的川味香肠。

到了北京后，智能手机潮水般淹没了我们。微信逐步取代QQ成了最主要的交流工具。同学群一建立，大学同学之间的交流沟通再次热烈起来。聊聊美妙的大学时光，讲讲多年来的感受经历，氛围多是轻松愉悦的。回锅肉、肥肠粉、川味香肠，也成了外地同学极为怀念的美食。

到北京的第二年冬天，刚刚开始供暖，我就意外地收到了两份来自成都的香肠。无限期待地全打开来，每种口味的香肠切一点，一盘装了上蒸锅。

尝过之后，发现成都竟也有了甜味的香肠，而我还是最钟爱代表川味特色的麻辣味道。

挂在厨房窗户边的香肠，红红的油间或滴落在灶台上，每次看它，都感觉舌头一阵骚动。

周末的时候，约三五个同事朋友一起在家里做饭，川味香肠往往是不可或缺的一道主菜。而尝过的人，不由自主地会喜欢上它。在品尝美味之余，自然也聊起各自的大学时光和同学情谊。逝去的青春不再，而生命中遇见的人和事却长久地储存在我们的记忆里。

中秋节过后，越发鲜艳密集的红叶映衬得整个香山神秘而浪漫，走在不算陡峭的山路上，茂盛的或是稀疏的树干，竟像极了我思念已久的川味香肠。

龙虾

21 世纪初，戚所年轻人中流传一句话："如果你没有吃过权哥烧的龙虾，你就别跟我扯什么民族渔舫还是渔蒙家的龙虾好吃。"

有人当面提起的时候，我嘴上总要说愧不敢当、过奖，心旦却美滋滋的。

2003 年夏天，唐立在刘家塘租了一间民房，准备复习考研。虽说是一间，但整个大院子，就二楼住了一位房东的朋友，客厅、厨房、院子可以随意使用。就在那里，我第一次近距离接触了龙虾。

一个周六下午四点左右，环环提着一袋龙虾过来，倒在水池里。看着一个个暗红色硬壳、长着两只巨大钳子、张牙舞爪的生物，号称大哥的我茫然不知所措。

环环便越发得意起来，满面春风地找来一个牙刷，小心地抓了一只龙虾的后背，在自来水下细细地刷洗它的鳃和腹部，就见浑浊的水沿着牙刷流了下来。见我和唐立都围过来，他便背书般将龙虾的背景调查介绍一遍。"我买的四块一斤，是菜市场最大个的了。"末了，他将洗好的龙虾放入干净的桶里。

"说了这么久，你就洗了一只龙虾？"我丢给他一个白眼，"让我来。"

环环甩甩手上的水，将腰间皱了的衬衣整理平整，抄着手指挥我洗龙虾。有人监工，工程进展通常有序却缓慢。三斤龙虾洗了一个半小时。

烧龙虾依然是按照环环提供的工序和配料进行。

当一大盆通红的龙虾摆上餐桌，环环食指大动，一边剥龙虾，一边讲解龙虾的吃法。我和唐立尝了尝，相视一笑。好吧，加了糖的龙虾，并不如我们想象中好吃。

一盆龙虾基本上是环环一个人吃的。

夏天烧饭不是一件容易的事，大多数时候，我们会去单身宿舍楼下的路边吃大排档。被称为"荷包蛋"的河南老板挺着个大肚子，总是笑容满面，不错的手艺让他的档口总是人满为患。

等菜的空当，我会站在他的煤气灶前，看着他挥舞着长柄的圆勺，将荤菜、素菜撩拨得漫天飞舞。碰到感兴趣的菜，我会询问他一些细节，尤其是配料工序。也正是在那里，我看到了龙虾不一样的做法。

爱烧菜也是一种病，而我恰恰是此类患者。如果你也如我一样爱烧菜，就能明白我的情愫，见到任何菜，都会想着怎么把它烧成家乡味。

学到一种新的做法，心里总会痒痒地想要尝试一下，并且在脑海里不断地更换它的工序和配料，想要创新它的味道。而作为一个湖南人，若是不让我用辣椒，我就不知道从何下手了。

于是，麻辣龙虾横空出世。

好吃的龙虾不是炒出来的，是煮出来的。

龙虾突然就火了，全国各地都开始热衷于龙虾，其身价也是水涨船高，当年三四块一斤的龙虾，四五年以后已经差不多是十倍的价格。

刚进入夏天，各个饭店就贴出大幅海报宣传龙虾，甚至有饭店把龙虾作为主打菜品。

相比于在店里吃，自家烧龙虾会别有一番风味。

每年夏天，龙虾肥壮的时候，黄腾飞总是会约上几个朋友去他那里吃一顿。掌勺的自然是我。

调整后的工艺，已经不再需要用牙刷一只一只地刷洗龙虾了。十几斤龙虾分三个水桶装着，在自来水下冲淋。

将洗好的龙虾放入锅里，大火煮开。另起一个油锅，将大量的生姜、大蒜、干辣椒、花椒煎炒，待香味出来，全部倒入旁边滚开的龙虾锅里。再放适量十三香、食盐，中火煮三十分钟左右，放一把香菜，就可以出锅了。

　　因为每个人的口味不同，龙虾需要分三锅烧，放入的辣椒量不一样。环环、鹏杰、贡适应微辣；明明、黄腾飞和我爱吃中辣；莫莫、代、小冉，则是怎么辣怎么来。

　　当最后一锅特辣龙虾出锅，桌上先前烧好的两盆龙虾已经所剩无几。

　　"环环你要脸吗？"代将面前小山似的龙虾壳推了一小半到环环跟前，"你吃的龙虾壳干吗放我跟前？"

　　"我吃得太多，觉得不好意思啊……"环环讪笑着，手上剥龙虾的动作并没有停。他动作异常娴熟，先将大钳子掰下来，从关节处折断，嗑瓜子一般轻轻一咬，虾钳里的嫩肉就如挤牙膏一般落入嘴里。再轻轻一掰，龙虾首尾分离，大拇指伸入龙虾头部，将金黄的虾黄挑出来，美滋滋地吸上几口。最后将虾尾的硬壳去掉，白嫩的虾肉整个塞进嘴里，一边嚼一边打探下一个目标。

　　贡和明明吃得极少，他们只是喜欢兄弟们相聚的这种氛围而已。莫莫和代一面吃得满头大汗、嘴角流油，一面抱怨龙虾不够辣。

　　"还可以，还可以……"小冉总是会打抱不平。

　　"来，最辣龙虾出锅。"我大喝一声，将最后一锅龙虾摆上桌。

　　"好，我要正式开动了。"莫莫用纸巾擦了擦手，慷慨激昂。

　　"嗯，这个辣味还可以。"代抢先尝了一只，又辣又烫的龙虾让他倒吸了一口凉气，额头上的汗越发多了。

　　鹏杰和明明吃了两只，咝咝地吸着凉气放弃了。

　　龙虾还有大半盆，桌上就只剩下莫莫、代、小冉和我。

　　那样的龙虾盛宴连着吃了几年。

　　间或去过几次泰兴乡间，在那纵横交错的水渠里，也能抓到大小不一的龙虾。

　　花了一个上午，抓得小半桶龙虾，回去生起柴火，切一大堆新鲜的红辣椒，用菜籽油把龙虾烧得浓香扑鼻。

一大桌子人望着火红的龙虾和辣椒迟迟不敢下手，我和莫莫便异常迅猛地开工战斗。即使辣得眼泪汪汪，也不肯先停手。

待我到了北京，就没再有过那样的盛宴。总想着趁夏天回去烧一次，虽然不经常烧了，但手艺还在。只是，龙虾也许还是当初一般美味，但其中一个兄弟永远离我们而去，再美的美食，也不再有当初那种轻松愉悦的心境。

从金涛嘴里听到簋街的麻小如何如何，才知道龙虾已经在全国各地红得发紫。然而我一直没有去外面吃过麻小，只在朋友的要求下自己动手烧过三四回。

许多人说烧菜又脏又累，不理解我热衷的理由。可是，如果你烧的菜总是被朋友期待和赞叹，不也是一件很欣慰的事吗？

空闲的日子，以龙虾的名义，约三两好友，共享休闲时光。随着水开，龙虾慢慢变得火红，配料在滚开的油里发出吱吱的声响，腾起香辣的热浪将人笼罩，心便一点点放空，唯有热切的目光，满怀期望。

红菜薹

一个冬日周六的中午，我被电话吵醒时，正睡得口水直流。

"小王，晚上家里做饭啊。"电话那头陈总的声音传来，"菜的话，就红烧肉、红菜薹……"

已是日上三竿，多日的雾霾被一夜西风吹去，只留下湛蓝天空、些许白云。

揉揉蒙眬的睡眼，我并不需要找纸和笔把菜单记录下来，因为这几样菜，我已经倒背如流。挂了电话，将对面房间的老朱叫醒，便起床洗漱，奔小区边上的菜市场而去。

白菜一棵，红菜薹一把，小米椒二两，尖椒一斤，韭菜半斤，再买一块牛肉，香干几块，馒头三五个。二十分钟就将菜买齐。

回到家时，老朱正忙着拖地。这是我们长期合作形成的默契，我买菜，他搞卫生；我烧菜，他洗碗。

"中午就把昨天的饭做个蛋炒饭吧？"我将菜放进厨房，探头问。

"好，放点猪血圆子。"他头也不抬地说。

自从吃过我加了猪血圆子的蛋炒饭，这位常州老兄也开始喜欢上了我的家乡美味。

十五分钟后，两盘热腾腾的蛋炒饭端上桌。老朱洗了手过来坐下，见没有汤，又默默地站起来去取了一罐啤酒。

吃完午饭，抽一根香烟，就该继续搞卫生和洗菜了。

下午四点，陈总最先过来，进门就将一盒切好的黑猪肉递给我，后面的陆莫照常提了一大袋原味瓜子。接着，拎一条扁鱼的老汤和亚军联袂而来。稍微落后的是带来独头蒜的老绳。小金最后一个到，提了一整只金华火腿。

人一齐，便各自走向自己的岗位。四人打升级，一人泡茶，一人帮厨，两人备菜。

备菜是一项浩大的工程。

黑猪肉肥瘦相间，正是烧红烧肉最好的五花肉，将它洗净放入碗里，另用一个小碗备好姜丝和冰糖。扁鱼洗好后挂在铁丝上晾干，这是老汤每次必烧的菜。切韭菜老朱最有耐心，能切得几根头发丝粗细，用大碗装了，打六个鸡蛋，倒少量料酒、适量食盐拌匀。火腿切成小颗粒，小米椒切成小段，姜丝切半碗，大蒜拍十几颗，牛肉切成长条的薄片，尖椒切成宽的丝。

红烧肉是陈总的拿手菜，我们都不会跟他抢。他从容地站在煤气灶前，耐心细致地翻炒着肉块，待煎出油来，才加入冰糖、酱油、少量料酒和食盐，盖上锅盖，小火熬上四五十分钟。

爱烧菜的人，都会有种"一勺在手，舍我其谁"的豪情。我和老汤为了掌勺明争暗斗了多少回，最后谁也没把谁劝退，于是江苏菜和湖南菜搭配，分别烧自己拿手的菜。

一个煤气灶被红烧肉占用，另一个就需要快速高效地工作。

红烧扁鱼、韭菜摊鸡蛋通常是老汤动手，我在旁边监视。整个过程大约三十分钟。而我烧五花肉白菜豆腐时，他也会在边上不时提醒。只有当我开始烧小炒黄牛肉时，受不了那么重辣味的他，才会走出厨房，喝几口宜兴红茶。

五六个热菜烧完，再把花生米装一碟，就可以摆碗筷吃饭了。酒是基本不喝的，饮料茶水各人随意。

一大锅米饭瞬间见底，馒头发挥替补的作用。大家吃着菜，点评着色香味，聊着工作生活，氛围轻松自如。

我在吃几口饭菜之后，放下碗筷回到厨房。最后一道压轴菜得现烧现吃——红菜薹。

来自武汉的红菜薹，辗转来到北京的菜市场时，身价已经鹤立鸡群。水灵的菜薹表面一层紫色，尖尖上带着少许金黄色的小花。用手轻轻一拗，"吧嗒"一声清脆的声响，就能将菜薹掰下一小截。

将红菜薹掰成一段一段放在菜筐里备用，起一个油锅，将火腿和小米椒煎出香味，再将红菜薹倒入爆炒。油锅吱吱冒着热气，菜薹逐渐褪去它的紫色，汤水的颜色却是越来越深。颠几下锅，加少许盐，将独头蒜拍成碎块放入，再翻炒几下，就可以出锅了。

曾有朋友问我，你烧菜的秘籍是什么？我说，无他，用心和掌握火候足矣。

用心烧的红菜薹色香味俱全，刚一上桌，就掀起一小波高潮。七八双筷子伸过来，不一会儿，眼看堆成小山的大碗红菜薹即将被消灭掉。

"给小王留点啊！"陈总适时提醒。

众人这才讪讪地放缓夹菜的速度，或是夹一块滴着油的红烧肉，嚼得喷喷有声；或是挑一片小炒牛肉，辣得咝咝倒吸凉气。

重新回到饭桌，我不客气地将只剩一个碗底的红菜薹端到自己跟前，将大半碗米饭倒进去，用力搅几下，才美美地吃起来。

饭后洗碗通常是老朱和亚军抢着做，老汤坐上牌桌，而我自然是煮上水，将紫砂壶洗净，重新泡上一壶红茶。

夜色越发深了。

当众人打着哈欠散去，我和老朱穿上外套将他们送到楼下。屋外寒风冷冽，让人不由得打了几个冷战。

再回房间时，满屋的瓜子壳，残留的烟雾，让暖气十足的房间越发显得温暖。我和老朱在沙发上坐定，端起尚且温热的茶杯，轻啜几口，往后靠了靠，舒心地看起《中国好歌曲》。

歌声在房间回荡，墙上的挂钟嘀嗒嘀嗒不知疲倦地奔走。

湖南米粉

按约好的时间一分不差地到达酒店楼下，卿告知我如风还需要十分钟。

北京今天阳光和煦，瓦蓝的天空飘浮着些许白云，风却很是不小，行走在路上的人们脚步匆匆，不时裹紧外套。

三十分钟后，如风终于下了楼。刚上车，就虚心接受了我的批评。"马上要转业去地方上班了，雷厉风行的作风可以暂时放放。"卿却替她打了圆场。

多年没见，她俩都没什么变化，青春依旧，只是深深的黑眼圈格外醒目。

"昨天玩得开心吧？"我回头问后座上打着哈欠的两人。

"太嗨了！"意犹未尽的神情在卿略显疲惫的脸上展露无遗。

四个女人，三个爱拍照、爱秀图，行程自然是丰富欢乐的，周六一天时间逛了清华大学、颐和园，晚饭后又去逛了鸟巢、水立方。几次在群里开玩笑说要来北京膜拜的卿，末了拉着其他三人在酒店房间里聊生活、聊人生，直到凌晨两点才肯散去。

三点才睡的她，九点醒了又想起来"30"哥说过北京有家不错的湖南米粉，于是立刻召见我领她们前往。

"我要吃三碗！"离北京站附近的"隆小宝"越来越近，卿开始咽着口水，握紧了拳头。

司机诧异地抬眼看了看后视镜。我看着窗外飞速后退的建筑，假装没听到。如风用看白痴一样的眼神瞄了她一眼。

"哈哈，北京的天气……"卿注意到车内陡然变化的气场，讪讪地说。

到达国瑞购物中心时，时间已是十一点。乘扶梯上了三楼，随口问了一家饭店门口的服务员，那"隆小宝"米粉店却正好就在隔壁。

仓库货架装修风格让"隆小宝"略显文艺，门口的广告牌却多了几分商业气息。

早就喊着饿了的两个女人，在米粉店招牌前站定，招呼我先给她们拍照。服务员耐心地等着我们拍完照，才将简单的菜单纸一人一张发来。

米粉、米饭、小吃，品种比较丰富，但这大老远赶来，自然是要吃米粉的。我只是在点了爆肚米粉之余，再加了一份酸辣肥肠。

我将菜单交给服务员，才问她们："点的什么？"

"爆炒牛肚！"她俩异口同声说。

原本想可以多品尝几个口味的愿望落空了。好在她们加的是糖油粑粑，与我的酸辣肥肠不再相同。

"上次见面是哪年？"卿将外套脱了放在沙发上，问我。

"2015 年初吧……"具体我也不记得了。

"你老了许多。"她盯着我看了半晌，感慨道，紧接着又问，"我变化大不大？"

我很慎重地看了看她俩，不太确定她们与两年多前相比有什么变化了。也许她们经常在群里晒图，更多的感官来源于照片，并没有觉得她们有太多的变化。

"样子没什么变化，但是性格好像变了！"我说。

她自然知道我说的是坊间传闻她如炮仗一样一点就着的性子。

虽说是同学，其实只是同届而已，上学时根本不认识。

第一次听到关于卿的事还是 2013 年中学同学聚会前后，其时卿正要生第二个宝宝，捐赠给聚会的礼物我全然不记得，"拿菜刀砍人"的故事却深深地留在了脑海里。

夫妻吵架能用上如此锐利的武器，该是怎样一位彪悍的女子？但从 QQ、微信头像上看，温婉的样子全然看不出彪悍的痕迹，只有一副典型湖南妹子水灵、干练、聪慧的模样。

等到在同一个微信群待得久了，熟络了，就有人翻出卿的逸事来问。她辟谣说当时正在切菜，气急了才顺手拿了菜刀，冲向那个冷言冷语摔门的男人，而且砍的只是门而已……

2014 年春节回老家，在县城的茶室里，终于见到了这个号称女同学中最彪悍的女子。那时她尚在产后恢复中，微胖，穿着长羽绒服，大波浪卷发，黑眼圈有点重。

卿温和地与茶室的同学们握手或是拥抱，轻轻地说话，对抽烟的男生没有表现出厌恶。

"边人，红地毯策划人？"与我握手时她问，大眼睛光芒陡增。

"幸会！"我说，"你长得好像我大姐！"

"他对每一个美女都是这么说的。"舵主嗑着瓜子也不忘挤对我。

"是吗？"卿偏着头，犹豫片刻，"我还是选择相信你。"

如高铁一样，微信改变了人们的生活。远在天边的同学朋友，通过微信群又聚在了一起，分享美食美景和心灵鸡汤，倾诉旅途劳顿背后的忧伤，细数柴米油盐各种琐碎。

卿是特别活跃的一个。除了爱晒腊肉圆子和血鸭腊肠，还爱吐槽生活中各种感悟，细到二宝一句暖心的话，大到事业规划和家中房屋建设。他的博士老公，也常常是被晒的重点。

"爱之深，恨之切"，她让我们明白了这句话的真正含义。当她秀恩爱时，春风扑面，阳光和煦，岁月静好，一片太平；当她晒伤痛时，天地为之变色，人世间充满了苦痛。

四季轮转，在她的情绪里显露无遗。从她秀出的各种美景美食和漂亮衣服，大家知道，春天来了，秋天到了……

"尺码、数量、地址、收件人发给我！"当处理上万件库存衣服时，卿大手一挥，豪气干云。

当快递还在路上，她已高调宣布转战医疗器械。

当一个孩子的妈妈感叹生活不易、心脏不好的时候，她在照顾两个虎娃的间隙，奔走在全国各个战场。抽空还要杀回家乡隆回，处理一下婆家和自家的邻里纠纷。

"你一直认为我是女汉子是吧？"服务员端上漂浮着红油的米粉，卿一边将米粉推到我跟前，一边定定地望着我问，"其实我大多数时候都很温柔的好吧……不信你问如风。"

如风正飞快地按着手机屏幕，闻言不置可否地一笑。

"好吧，我承认我有时候确实很彪悍！"卿挽起袖子，自嘲地笑了，将葱花拨了一些到米粉里，准备开工。

"你很像我大姐。"我说。她俩长着几乎一模一样的嘴，笑起来的神态也有八九分相似。

"对对对，当年你说的时候，我更多地以为是玩笑，后来我知道你大姐是谁后，才想起来之前很多人说过我和她很像。"她停下筷子，兴奋地说，"世界真小，你姐我认识很多年了，但是根本没想到你们是亲姐弟。"

米粉滑、嫩、爽口，爆炒牛肚筋道，其间的胡椒油散发出独特的香味，再将酸辣肥肠拨进碗里，酸辣的口感令人胃口大开。

三人不再聊天，埋头奋战。

如风最先吃完，用纸巾擦了嘴，才调侃卿说："老板，另外两碗需要点什么码子的？"

卿擦了擦额头上的汗，用筷子挑了挑碗中存留的几根米粉，"味道是好，可是我已经吃撑了。"

她们要乘下午的航班回广州，行程比较紧张，吃完我立马约了车送她们回酒店。

外面风大，吹得人睁不开眼睛，车内却是温暖如春。依次跨过前门、左安门时，卿嚷着让我拍照。随手拍的几张照片，却让她们夸张地赞叹。

风景就在那里，看在不同的人眼里，也是千变万化，更不用说拍出来的图片。看着窗外如潮的车流，我的思绪停止了，任阳光透过玻璃窗照在身上，暖暖的，便有了些许困意。

"下次一起回湖南嗍粉！"我先到单位，提前下了车，卿放下车窗朝我喊，"记得写完《秀春刀》啊……"

风把她后面的话吹了回去。

眼睛刺痛，头有点晕。也许是阳光太耀眼。也许，只是彪悍的卿都能说出"不计过往，活好当下"的话来？

辣椒与胡椒的味道在嘴里流连，偶尔被呼吸带到鼻腔，我便有了鼻子一酸的感受。

农家果园

　　枝叶直伸到路中间，青黄不一的大柿子触手可及。

　　刚下车，还带着倦意的孩子们立刻就清醒了，"哇，好多好大的柿子！"星宇惊呼一声，一马当先奔向柿子园，抬头望着柿子眼热起来。

　　"红的柿子是熟透了的，可以直接吃。"来过几次的姚易说。"要是能爬上去的话……"

　　她话还没说完，就张大嘴巴定在了那里。因为此时，我已经出现在高高的树杈上。

　　"那个，那个红了！"孩子们在树下七嘴八舌地叫喊起来。

　　我捏住熟透的柿子根部，用力一折，柿子带着一截树枝落在手里，返身递给树下的梁军，再爬向下一个熟透的目标。几个熟透的柿子都被摘完，我才从树上跳了下来。树下的大人和小孩，早已吃得热火朝天。

　　从姚易手上接过一个柿子，沉甸甸的柿子透着凉意，用手轻轻一掰，柿子皮"啵"的一声从中间崩开，赶紧低头一吸，将清甜的汁水吸入口中。

　　甜，特别甜！我顾不得形象，三下五除二吃完了一个柿子。

　　书上说甜是快乐元素。好吧，我被快乐击中，思维停滞，呆呆地站在柿子树下，任嘴角残留金黄色的柿子肉，任快乐因子在体内蔓延。

　　清新的风，吹来满园的果香。

当老范递过来纸巾时，我还没从那甜美的情愫里回过神来。

"我从来没有吃过这么甜的柿子。"低调淡定的老范终于禁不住心中的赞叹，嘴角溢满了满足的微笑。

"你们少吃点，一会儿还有大桃子吃！"李俐看着吃不够的孩子们，大声地提醒。

"走，去摘桃。"朴实的女主人始终笑容满面地看着我们摘柿子、吃柿子，直到此时，才拎起大塑料桶，带领我们前往桃园。

"哇，好大的桃子！"走在最前面的祺祺一声惊叫，引得小伙伴们飞奔起来。

低矮的桃树，尚自茂盛的叶子，层层叠叠的寿桃挂满树枝。阳光温柔地照在园子里，枝头的桃子越发水灵娇艳起来。

小枕头早已抱住一个红了半边的大桃子，费尽九牛二虎之力摘了下来，顾不得洗，便啃得啧啧有声。直到半小时之后，终于吃不下了的他才把剩下的四分之三的桃子给了妈妈。

"寿桃特别大，一个桃够三个人吃一顿。"还在北京的时候，姚易就曾说。现在看来，果然如此。

大人们挑个头大、颜色红的桃子摘下来，用泡沫网兜一个一个装了，再整齐地摆进纸箱子里。孩子们在桃树间穿梭寻觅，主人忙着包装整理，姚易已经瞄准了园子角落里的香菜和辣椒，而眼尖的廖玲丽发现了篱笆边上的紫豆角。

"老乡，中午能在你家吃饭吧？"梁军问。

"吃饭没问题，就是没啥菜……"男主人有点腼腆。

"能买到土鸡吗？"我问。

"可以买到的。"女主人立马就开始打电话。

"那就好，借你们的厨房用一下就行了。"我说。

"对啊，大厨在这里，还去啥饭店啊。"作为一个资深吃货，李俐一直还没尝过我的手艺，闻言开心不已，"炖只土鸡，豆角炖肉，再采点红薯尖，弄两个小菜，就可以了……"

回到农家院，正商量下午的行程，葡萄架却很快吸引了大家的注意力。不再翠绿的葡萄藤，顽强地攀爬在铁丝架上，紫色的葡萄三三两两从枝叶里垂下来，静静地散发着诱人的光芒。

"葡萄可以吃吗？"小枕头满是期待地望着女主人。

"可以，你们随便摘。"女主人大方地一挥手。

这一挥手，有如吹响了战斗的号角。先生太太们七手八脚地摘下葡萄，在水龙头下冲洗一番，便分给眼巴巴等着的孩子们。

"哇，好甜好甜啊！"甜美的小彤彤兴奋地叫喊起来，漂亮的大眼睛弯成了两颗月牙。

紫红色熟透的葡萄很快被吃得一干二净。

"青色的葡萄也很甜，味道还不太一样。"姚易说。

于是，青色的葡萄又被摘下来。

当孩子们开始打嗝，时间已近中午，并没有人惦记午饭，在主人的建议下，队伍浩浩荡荡地奔向了苹果园。

我留在院子里，等待土鸡到来的空隙，将采摘的辣椒和香菜清洗干净。

在打了无数通电话之后，女主人终于告诉我，找到肯卖二公鸡的了。我在暗地松一口气的同时，开始进入战斗状态，检查和寻找称手的工具。

当采摘苹果的大部队凯旋，一位慈祥的大妈带着上高一的闺女，抱着一只大公鸡送了过来。

主人歉意地告知我没杀过鸡。那么，好吧，我来动手。

鸡血用加了盐的碗装着，洗被子用的大铝合金盆用来烫鸡和拔毛，切菜板搬来放在葡萄架下，新磨了一通的菜刀还不是很称手，花了一个半小时，终于将六斤半的大公鸡收拾停当。

用清水把剁好的鸡块焯一下，再放入高压锅里炖，就可以定心地烧辣椒摊鸡蛋和香菜肉丝了。而在我的坚持下，四分之一左右的鸡肉、鸡杂和鸡血被分出来，准备爆炒。李俐一面帮忙，一面监督我，"炒红薯尖一定要多放点油，再多放点……"

当高压锅突突突地冒了二十分钟热气，爆炒鸡肉和其他几个菜也已出锅。先生太太们轮番进入厨房或是察看或是帮忙，对这样的午餐期待不已。果果的哥哥力源刚上初一，对烧菜比较感兴趣，不时来询问我一些细节。

主人几乎把家里的所有碗碟找了出来，又煮了一锅棒子面粥，热了十几个馒头。

下午两点左右开席，正是孩子们开始喊饿的时候。

冒着热气的鸡汤泛着金黄的鸡油，炖得烂了的鸡肉松软筋道，一大块鸡肉就着鸡汤下去，整个身子都热乎起来。并不算丰盛的午餐，大家吃得别有一番滋味。

当高压锅里的鸡肉和鸡汤被消灭干净，太太们还对爆炒鸡肉残留的辣椒和鸡血留恋不已，孩子们在院子里玩起了游戏，打着饱嗝的先生们坐在院子里的台阶上，点上一支烟沉浸在午后阳光里。而接我们去摘石榴的三轮车，已经停在院子门口。

狼牙山

在比较了几家酒店之后，我们最终选择了离狼牙山售票处约一公里的新时代宾馆入住。打动我的原因不是这里房间干净、价格实惠，而是这里的大阳台和二楼拐角的一个两面开放的大露台。

从车上取下行李，进房间后的第一件事自然是烧水泡茶。

将自带的高山野茶和紫砂壶取出，在二楼阳台的圆桌上摆好，再招呼先生太太们将房间的水杯洗干净拿过来，七八张椅子围成一圈，就等着水开。

浓郁的茶香将不喝茶的孩子们都吸引了过来，围在周围，抓几颗西瓜子，叽叽喳喳地聊着他们自己的话题。

老范和我是属于无茶不欢的，而梁军刚刚在办公室置办了整套茶具。先生们喝着茶，聊着天南海北的话题，太太们休整完毕，也过来坐了，小口地品着热茶，悠闲地看着孩子们在周边打闹嬉戏。

黏人的小彤彤拉着力源的胳膊，亲热地叫他"大人……啊……"，"啊"拉得老长老长，不时地张开双手，搂住他的脖子，要往他脸上蹭。腼腆的力源一面护着她防止跌落，一面扭头躲开小彤彤侵略的小嘴。

祺祺、小枕头、果果在星宇的带领下，跑去后面的院子里拔萝卜。

太阳早已坠入西边的群山，下山的拥堵车流逐渐流畅起来，阵阵菜香飘来，老板招呼我们准备用餐。

从二楼走廊的尽头拐过去，下两级台阶，就到了两面开放的大露台。在一张大圆桌上，冒着热气的羊肉串和几道农家菜已经摆好。

自带的红酒还未开启，玩得饿了的孩子们早已开吃。喝一口香醇的红酒，吃几口羊肉肥肠，聊几句各自家乡的美味，山风阵阵，一轮圆月悄然挂上苍穹。恰逢廖玲丽的生日，大家纷纷敬酒送上祝福，孩子们已吃完回了房间看动画片。

"要是我们带了藏香猪肉就好了。"李俐吧唧着嘴，不无遗憾地说。

姚易是连着很多年都去西藏的，在暑假里，驱车带着孩子，去看望资助的藏区孩子们，去吃美味的藏香猪肉和牦牛肉，去感受高原的壮阔与苍茫。

"这样的旅行对大人和孩子都很有意义，以后我们也加入吧。"廖玲丽羡慕地说。

"路上也有很苦的时候，为了赶路，有时就是干的方便面就着调料包啃几口。"姚易说，"虽然我们车队有台房车，但也只是在休整的时候做做饭，大部分时间都奔走在路上。"

"带上我，就可以一路美食了。"我开玩笑说。

"是啊是啊，有他在吃肯定不用愁了。"李俐兴奋得手舞足蹈，"去，咱们明年一起去！"

七个人喝了一瓶红酒，微醺，再泡了几壶茶，聊了些闲话，夜风越发清冷起来，大家各自将孩子拎回房间洗漱就寝。

月色如洗，后院的羔羊婴儿般的叫声在夜里很是清晰。

早上，当祺祺带着彤彤敲门来找小枕头时，我才刚刚洗漱完毕。时间已近九点，小枕头还沉浸在香甜的睡梦里。彤彤抱着他的脖子，亲了亲他的脸颊，他才一个激灵醒了过来。

"起来跟我一起玩。"彤彤慢声细语地说。

祺祺见小枕头正要掀开被子起来，先转身出了门。楼下，星宇和果果挥舞着竹剑打得正欢。

早起一壶茶，老范和我习惯相同。等馒头、小米粥和鸡蛋摆上露台，我们正好喝完三泡茶。

浇了辣椒油的榨菜很是下饭，我们跑去厨房，将剩下的小米粥全部消灭掉，这才意犹未尽地收拾行李，朝着狼牙山迈进。

带着孩子爬山让先生太太们如临大敌，不约而同地将目标调至没有下限。

"走到哪算哪吧。"老范说。

所有人都赞同。于是，大家轻装上阵，随着如织的游人，慢慢往山上攀登。

山路很窄，不少路段只能容两人并排通过；山路很陡，孩子们手脚并用，登上一个又一个的石阶。

涓涓溪水，神话传说，小吃玩具，都是激励孩子们继续往上爬的因素。到达一线天时，游人越发拥挤起来，我不得不时时拉着小枕头的手，防止跌落。

爬到半山腰时，时间刚过十一点。一桶热腾腾的方便面下去，刚刚还精疲力竭的孩子们又如打了鸡血般，争着抢着往山上奔去。

山间凉风习习，吹得人瑟瑟发冷，只有阳光照到的地方，才又温暖起来。往山下望去，蜿蜒的山路和错落的房子越来越小。到达狼牙山五壮士纪念塔时，已是下午两点。恰逢有导游讲解，于是带着孩子再听了一遍狼牙山五壮士的故事。

密集的人流和长长的队伍让我们打消了感受玻璃栈道的念头。稍事休息，我们一齐下山。途中拥堵停了一阵，花了两个小时才全部抵达新时代宾馆。

先生太太们两腿打战，疲惫之情溢于言表，感叹岁月不饶人之余，由衷地对生龙活虎在院子里奔跑的孩子们伸出了大拇指。全程下来，所有孩子都是自己上山下山。孩子的能量，超乎我们的想象！

补充点水和食物，大家商量着下一个目的地，易水湖。姚昊却已计划好了要去高碑店的父母家过节。

"不如我们一起去陪姥姥过节吧？明天再去易水湖。"看着依依不舍的孩子们，我提议说。

"好是好，就是家里没准备，怕怠慢了大家。"姚易迟疑了片刻。

"有他在，吃饭的问题不用担心。"李俐满是期待。

"如果老人家喜欢热闹，烧饭倒没什么。"我说。

于是，一致通过。孩子们为还能凑在一起欢呼起来。

重新整理行装，开车下山。

夕阳西下，狼牙山如剪影般印在不远的天空。淡白的圆月隐约出现在空中时，狼牙山越来越远，逐渐消失在视野。孩子们终于扛不住疲惫，歪倒在后座上睡了过去。

山水间的风景不一定能在孩子的脑海里留下印记，但是这份向上的情怀和一起攀登的友谊，将融入他们的生命里！

一壶老酒

坐在车上，楼房与树木从窗外飞驰而去，心情有点忐忑。

"大过节的，老人家会不会觉得打扰？"我扭头问专心开车的姚易。

"没事的，我爸妈特别好客，他们喜欢热闹。"她目不转睛地望着前方。

"我有好多的玩具，可以和大家一起玩。"果果从后座上探出头来，满是兴奋地说。

大约十分钟后，我们抵达果果的姥姥家。

姥姥正在厨房忙碌，姥爷领着我看了看准备好的一箱螃蟹。果果一到家就开始摆弄他的玩具，力源则守在厨房门口想要看我烧香辣蟹的全过程。

"妈，厨房交给他吧。"姚易对姥姥说。

"你呀，有朋友来也不早点说。"姥姥嘟囔着白了她一眼。

当我在厨房忙碌的时候，姥姥不时进来，一面跟我拉拉家常，一面手脚不停地备菜烧菜。她一会儿切几片生姜，一会儿烧个白菜豆腐，始终不放心让我一个人烧那么多菜。

"粉条是朋友家做的，所有蔬菜都是我在院子里种的，鸡也是自己养的……"姥姥说，"就是说得太突然了，没好好准备一下。"

"哇，太好了！这些菜我们平时很难吃到的。"我一边烧菜，一边问正帮我切葱丝的姥姥，"阿姨您也常去北京吧？"

"去，经常去，果果他们兄弟俩都是我带大的，他妈妈太忙。"她自豪地说。

当大部队到达的时候，干煎带鱼和小炒肉还没完成。果果端出刚切好的月饼与小伙伴们分享。

姥姥在客厅招呼了一圈之后，又回到厨房，飞快地拌了一个黄瓜。

"现拌现吃，凉菜更新鲜。"她说。

将围裙摘下洗手的工夫，姥姥已经将煤气灶、菜板和铁锅收拾得干干净净，动作麻利而有条不紊，完全不像年过花甲的老人。

孩子们围着长方桌就座，叽叽喳喳地开始吃饭。姥姥姥爷则和先生太太们在临时摆的一个圆桌上用餐。

红酒倒上，就等姥姥就座了，这时她才拎着一个半旧的酒壶过来。

"我妈喝白酒。"姚易解释说。

酒杯举起来，先敬了姥姥姥爷，又相互碰了一圈，道了节日快乐，中秋晚宴正式开启。

"没什么菜啊，大家别客气！"姥爷招呼大家。

满满一桌子的菜，彰显着浓浓的节日气息。浓郁的鸡汤鲜香扑鼻，微辣的小炒肉肥而不腻，火红的香辣蟹刺激着人的味蕾，凉拌黄瓜新鲜爽口。

几道菜品尝下来，先生太太们纷纷对姥姥和我表示了赞许。

两圈酒过后，姥姥开始对总是小口抿着红酒的先生太太们表示不满。

"干了，干了。"她晃了晃手中空了的酒杯，"我都干了，你们也干了。"

我和梁军相视一笑，倒吸一口凉气。

姥爷早已捧起红酒瓶，挨个加酒来了。

"喝酒随意，喝好就行，喝好就行。"他才喝了小半杯红酒，泛着红光的脸上满是笑容。

长辈亲自倒酒，没人婉拒，双手捧杯站起来接了酒，才谢过姥爷坐下。

"来，今天中秋节，祝大家节日快乐！"姥姥见众人都添了酒，举杯道，"咱们这杯酒，分三口啊！"

先生太太们碰了杯，回敬了些祝福的话，酒却下得不快。

"我妈年轻的时候能喝两斤白酒。"姚易站在姥姥身后，骄傲地介绍说。

"你怎么不来喝啊！"梁军终于发现她的酒一直没下去。

"我去那桌照顾孩子们。"姚易展颜一笑，转身离去。

梁军正要抗议，姥姥已经端着杯子冲他示意了。

"来，你们这么帅的小伙子，把红酒喝完了，尝尝我这老酒。"姥姥举着酒壶对我们说。

"啊？！"我一惊，赶紧端了杯子过去，轻轻地跟姥姥说，"阿姨我真不能喝白酒，我红酒敬您。"

"看你这么勤快，就不让你喝白酒了，哈哈……"姥姥爽央地干了杯中酒，又拍了拍我的肩膀以示鼓励。

孩子们吃饱喝足了，都挤到果果的房间里玩玩具、做游戏。老范喝了大半杯红酒，已经歪倒在沙发上。小彤彤挨个人拥抱过来，每抱一个，就说："你们别大声说话。"娇滴滴的声音听得让人忍不住要捏捏她水嫩透亮的小脸蛋。

终究拗不过姥姥的推销，李俐和梁军倒上了姥姥壶里的白酒。"我这老酒度数不高，但是劲道足，这样家人团聚的节日就是要这样的酒菜过瘾。"姥姥脸上飞起淡淡的红云。

尝了一口，梁军辣得直吐舌头。

"我这酒50多度，哈哈……"姥姥顽皮地在我耳边悄声说。

李俐酒量不错，连着与姥姥喝酒三五圈，终于还是有点醉了。

"咱们打麻将吧……"得知姥姥爱打麻将，来自重庆的李俐兴奋地说，"下次咱们再来陪您喝酒！"

姥姥这才高兴地干了杯中酒，又喝了小半碗南瓜粥，就见她一个箭步从客厅的角落里掏出麻将来。

打麻将时姥姥非常认真，神情紧张，思维敏捷，动作迅速。李俐生长在麻将天堂，水平确实高人一筹，总能洞察桌上局势。姥爷站在我身后，不时地给我讲解规则并提出建议。

四圈麻将打下来，也就个把小时光景。

孩子们还在玩得热火朝天，客厅里的电视播放着喜庆热闹的节目。透过窗户，只见明月当空，苍穹如幕，竟将所有繁星隐了去。

吃了一块月饼，与姥姥姥爷道别，姚易将我们送到小区门口。

太太们一一与她拥抱，"谢谢你让我们过了一个快乐的中秋节。"

白日里热闹拥挤的街道此刻无比冷清，偶尔呼啸而过的出租车招手也不停。领着还在兴奋地背着古诗、编着顺口溜的孩子们，我们走在去往酒店的路上。

在祺祺的一再央求下，我也顺口来了一首《虞美人·中秋》：

狼牙已去又调羹

虾鲜蟹黄满

鸡汤浓郁带鱼香

小院采摘蔬菜七八样

老人笑孩儿欢闹

谁知月正好

且将老酒下粉条

岁月静好心何处飘摇

孩子们未必听懂了，却很给面子，鼓掌大乐。

月光如洗，大地一片寂静。孩子们背诵古诗的清脆声音，在空寂的夜里格外动听。

第三章 ——

CHAPTER THREE

且 煮 清 泉

茶的世界里，人来人往，有的人找到了人生的归宿，有的人实现了灵魂的救赎，有的人发现了生命的诗意，有的人重建了与祖先的联系，而更多的人把茶视为安身立命的根本，抚平心灵的创伤。茶的馨香，让我们停息疲惫的脚步，或者，奔向远方……

向
前
冲

第一次寒假没回老家，我与白清源一起留守宿舍，却意外地结识了三位同样留守的师妹。

除夕那晚，我与白清源、小玉、小龚几个人一起在春熙路游荡到凌晨，才走着回到宿舍。此后几天，也看看书，或者约了几人一起吃吃饭、看看电影。

寒假眼看就要结束，一个假期待在学校里什么也没做。

空旷的校园是我的世界，感觉每一个提前返校的同学都是在抢占我的领地。随着回来的人越来越多，我们这些没回家的不再是显眼的一群了，慢慢被人群淹没，也慢慢回到从前的轨道上去。

高平是来得特别早的一个。

这个江西小伙嘴特大，尤其是笑起来时就像能将你吞下去似的，人倒也如我一般清瘦。刚来时穿的红色外套很适合他，配上卷曲的头发和金属框眼镜，让整个人有股清爽的感觉，也引开了大家对他脚臭的注意。

"我这件'少女杀手'一穿，不知要迷倒多少美少女。"他向来就是这么不客气，"到时你只管跟在我屁股后面用麻袋装就是。"

"X……还知道自己姓什么吗？"好久没有这么痛快地"X"过了，突然冒出个也很是随意的高平，让我发泄一下真是令人兴奋，"你在来的路上有没有迷倒三五个？"

"当然有！我不是跟你吹，我……"他来劲了。

"全是三四十岁的吧？"

"得了吧，我看你是在校园里太郁闷了，内分泌失调心理不平衡吧！"高平把行李包中的食物一一掏出来放在桌上，"老实跟你说吧，三四十的不是没有，却还真是有个很不错的。"

我随手捡了一两个桂圆来，剥开了吃。

"也不是说很漂亮，免得你羡慕嫉妒偏要不信。"他一面理衣服一面说，"也还可以吧，眼睛特别大！"

"怎么迷倒的？"我不停地吃桂圆。

他来了劲，一脱鞋坐到床上去了，寝室里立马弥漫着奇臭无比的味道。我赶忙跑去把窗户打开，把门也开了。

"你别跟我假文雅，你的脚还不是一样臭。在火车上我一直没有位置，人太多了。过重庆后人才少了很多，我开始四处找位置。好不容易见到有一排三人座上只坐了两个人，我就走过去问外面的男的那空位上有没有人，他不理我，里面的那女孩……"

"你别笑得那么贱行不行，口水都滴下来了！来，吃颗桂圆消消火。"我扔给他一把桂圆。

"里面那位女孩起身往里边挪了挪，跟我说这儿没人的，你坐吧。"他剥了一颗桂圆吃了，"我便坐在中间了。"

"艳福不浅啊，有美女主动献殷勤。"

"我，嘿，习惯了！我们聊得很投机的。"他说他们一直聊，直到成都，一路上女孩还有说有唱，那个性简直太开放了，要不然的话他还真会喜欢上她。

"这种辣妹子型的女孩还是做朋友好一点。"他这样总结。

"得了吧，你会放过任何机会？老实招了吧，有多少无辜少女遭尔毒手。"我听得久了，也有点觉得事情是真的了，"有没有她的地址、电话？"

"没有电话，只知道她叫王小燕。成都师专学中文的。"

"那就行了，想找就能找得出来。"

"那也是，但我真觉得只是做朋友为好。"

我不说了，思忖着晚上去哪里宰他一顿。

大多数发了财或是交了好运的人都乐意让别人宰他的，宰得舒心，挨得坦荡，不宰反而都觉着不爽。

王飞还一个劲儿跟李妮有一句没一句地聊着，高平却已经心急如焚了，却也不敢打断，只能小心翼翼地待在旁边。王飞终于还是向电话那头交代了帮忙找他们学校中文系1999级一个叫王小燕的事，高平这才又紧张又开心地眉开眼笑。这小子，先前还说只想做普通朋友，现在心里不知怎么想的，急切地想再与那个王小燕联系上。

电话那头李妮爽快地答应了，高平这才舒了口气，狂吼着打篮球去了。

"你的房间借我用两天，你跟王飞回宿舍睡！"有一天，高平像老板交代下属一样对我说，"还有，下午你叫上小龚陪我一起去玩吧。"

这些对我都不成问题，便只静静打量这个因爱情而容光焕发得变了模样的小伙儿。才两个月，他像变了个人似的，臭脚天天洗，衣服都买了新的，头发留成分头，只是那张嘴变不了，还是那么大。

我与王飞合伙在扬华斋租了一间房。那里的环境比眷诚斋好得多，空气清新，五月了，房间里仍如春天一般清爽。

就在那里，我见到了听高平说了无数遍、吹牛吹了又吹的小燕子。没有让人失望，人是长得蛮水灵的，尤其是那双超级大的眼睛，联合身上其他两大，成了"三大"的典型。

高平肯定提过我，"你就是边人吧？"她才会有这么一问。

我还没来得及回答，她左手叉腰，右手由下至上慢慢扬起，说："果然如高平所说，我一看阁下就像那种气宇轩昂、风流倜傥、整日舞文弄墨、喝着酒跟失足妇女大谈古今大事的诗人。"

我哑然失笑。

小龚只是偶尔插上一两句话，大部分时间都静坐在那里听、看。小燕子很快就像发现新大陆似的叫起来："小龚你是典型的淑女哦，在这个年代已经很难再遇见了。边哥你要加油哦。"

　　"啥子哟，别把我们兄妹搞得像你跟高平似的。"我跟她才没认识多久，但由于性格相近，已是很熟了似的，开玩笑也随意起来。

　　"喂喂喂，说话注意点，我们怎么啦！"高平在一旁一副义愤真膺的样子。恐怕他心里还巴不得我这样说呢，平时那个贱样，今天倒来装清纯，还真像模像样。

　　"我们只是普通朋友哦，边哥！"小燕子果然是如高平说的那样十分大方，被人叫得那么亲热我还真有点不习惯。为了不坏了高平的'事业'，我便也不再说了。他这小子我清楚，嘴上说不想不想，心里那点事儿，明眼人谁看不出来？

　　于是，吃饭。

　　每每两个人或是其中一个心里有鬼的，前面几次见面时难免心虚，就要拉上旁人来证明自己是清白的。其实清者自清，无须别人来验证，有想法的则是欲盖弥彰，况且，感情是一项崇高的活动，没什么好心虚的。

　　吃饭时，两位痴男怨女眉来眼去，好不热闹，好在我已司空见惯，脸皮厚了，小龚却是不懂这些。于是我们乐得让他们聊去，我们飞快地吃。

　　饭后，我们便到南门口那片草地上去晒太阳。高平屁颠屁颠跑回宿舍去拿了张干净的床单来，在草地上铺了，再将一些瓜子、花生之类的东西放在上面。

　　草地上铺满细细的青草，间杂着不计其数的不知名的白色小花，群群蜜蜂和蝴蝶忙忙碌碌地在上面穿梭。太阳很晃眼，晒在身上却暖暖的。

　　有时觉得"饱暖思淫欲"这句话不对，比如说现在，吃饱了、喝足了、身上也暖和了，我的眼皮子直打架，只想就此睡个大觉。

　　当然高平可能不会赞同我的观点，他现在正兴趣盎然地拍照片，又吵着要打牌。

　　平日里他那张大嘴丝毫不肯吃亏地嚷嚷，这回却是温顺了好多，小燕小嘴一动，一说一个准，高平全都照办。

"小燕，让高平学狗叫，他学得很像的。"我看到草地上几只小狗正撒着欢儿奔跑，小腿一颠一颠的很可爱。

"你才会学狗叫呢！"高平气极而笑。

小燕瞪圆了眼睛看着我们，小龚早已笑得不行了。

"那你让他学乌龟爬。"我改口道，"可以骑人的那种。"

"好好好，高平，来来！"她这下来劲了，一下跳起来，去推蹲在地上的高平。高平一下晃过，小燕收不住脚，眼看就要扑倒，高平眼疾手快，转身就要扶，没想到自己脚跟都没站稳呢，于是两个人一齐扑地而倒。

小燕大嗓门的尖叫引得周围男女都引颈相向，跑圈儿的小狗也停了下来，竖起毛茸茸的耳朵。

他俩谁都没说话，也没有笑，很镇静地爬起来拍了拍身上的杂草，过来在床单上坐了。待到众人各自忙活自己的事去了，小狗又开始撒欢了，才爆出一阵狂笑，笑得东倒西歪。

接下来我们打了几圈牌，可这两个人全没心思，一边嗑瓜子、一边送点秋天的菠菜什么的，牌经常出错。人生也好，牌局也好，没了输赢或是根本不在乎输赢，那就没有了激情。

看着这两个漫不经心的人我就来气，索性自顾自仰头倒下，衣服罩了双眼睡过去了。

走的时候，无意间瞥见床单角上的编号，竟是我的床单！

高平这两天像没魂了一样整天往信箱跑，因为小燕说过可能会写信给他。

那次小燕来玩，住在我们扬华斋的房子里，聊天聊到凌晨两点多，越说越投机、越激动、越慷慨激昂，对面住的两个女生大概是实在坚持不住了，跑去敲门说："同学多晚了，你们聊了一个晚上了，有啥子话等到明天说嘛！"他们这才把声音放低了。

到现在，他当初"做普通朋友"的论调早已烟消云散，便索性不再掩盖，只是自己拿不定主意的时候就来向我倾诉一番。

我都被他弄烦了，便问他："你到底是不是真的喜欢她？"我压了好几个副词。

"喜欢！"他思考了一下，肯定地点了点头。

"追！"我拍了拍他的肩膀。我很少看到他如此认真。

"再等等，先等她的信来了再说。"他站起来，"走，陪我一起去看看信箱。"

"不去，谁还会给我写信！"

"说不定就有你的呢。你大一时不是有很多信的吗？"他不由分说，拉了我就走。

这回高平算是等到了，他激动得撕了三四次才撕开封口，取出信来。

镜湖的杨柳树下是个好去处，凉风习习，杨柳依依，看到戎双成对的男女相依或坐或立于湖边，我很自然地想起一年前的五月，与她携手环游此湖的情景。想起我们的对联，她出"大印象减肥茶"，我对"红桃K补血液"；她很自豪地抚了抚自己的腰说"大印象减肥茶帮我梦想腾飞"，我捂住鼻子说"红桃K补血液让我鼻血长流"。如今已是物是人非，最容易触动心弦的一句话是"人散去后，一轮新月天如水"。

"还是不知道她是啥意思！"高平低沉的声音传过来打断了我的思绪，"喂，发什么呆，又想你以前的那位啦？"

"没有啊，我在想，我踢球是踢的左边前卫，但是应该以组织进攻为主，还是以防守为主……"我接过他的信。

"足球我看多了，你这种水平还考虑什么进攻防守。我觉得你云踢球就是个错误。"

信很长，很工整地写了四页。

真是大笨蛋，这么清楚的意向他也看不出来，不过也难怪，"当局者迷，旁观者清"这话由来已久。

"你觉得她对你有意思吗？"我忍而不发。

"有，这一点百分之百可以肯定。"

"那你对她呢？"

"废话！"他扶了扶眼镜，"要不我那么紧张干吗？"

"那不就行了，行动吧！"我把信摊开在他面前，"你看这句话，仔细看，什么意思？高中语文及格过吗？"

"好像是有点想表达，又有点怕……"高平慢吞吞地说，眼睛一闪一闪的，真像个搞科研的坏子。

"这位观众说得完全正确，信中这话正是表达了作者对男主人公的强烈向往与爱慕，而又鉴于现实不敢首先表态，担心是自己一厢情愿，怕更进一步反而破坏了原本美好的朦胧感觉的那种欲言又止的心理。"我一口气说出来，恨不得在他脑袋上重击一拳，"就等你先开口了啊，高平同志，你想要吗？想要你就说嘛，你不说人家怎么知道呢，要不然换男主角也是可以的。"

"得了得了，少跟我念经。"他笑骂着抢过信去细细地读，"听你这么一说倒像真是这样。"

"不是'像'，是'就是'，赶快行动吧！"我起身要走，晚上一位初一的小孩还要来，我教他英语，得回去把晚上要讲的试卷看看。

我是很讨厌现行的题海战术的，但是小孩每次问我的，都是试卷上他做错了的题，再说我自己也还没有更好的方法教他。每次讲完题以后，我都额外带他一起读两遍课文及后面的新单词。我不知道这样有没有用，只是我觉得读出来比看要舒服一点，轻松一点。

"等等，情圣兄，"他这回软了，"你说我该怎么回信呢？"

"都是年轻人嘛，小燕也是性情中人，有话直接说！把话埋在心里头，耽误自己也耽误别人！"

"你就直接说吧，我要怎么做？"

"我给你点建议？"

"行，给点建议！"

信当天就发了，全信中就三句话，一环紧扣一环，循序渐进。火辣辣的文字加上高平洒脱的书法，真是威力无比，我料定那边会中箭倒地。

然而，我却意外地收到一封信，字迹是那么熟悉，感觉却又那么遥远，心跳突然就加快，连着做了好几个深呼吸也不管用。捏着薄薄的那封信，我预感不会是好的消息。独自在镜湖旁边拆开信时，我还是有种痛，我不懂她给我写信来是不是应该。

高平来找我报告好消息时，我正趴在 336 徐春的床上。

我在思考是不是有相当一部分的情是从奔驰的列车上开始的，当人背了行囊告别一个地方向另一个地方进发的时候，心里边免不了带上点离别的悲伤，以及对未来急切盼望而产生的兴奋。旅途是一个不稳定的环境，带给人们各种新奇的感觉，包括寂寞，渴望关怀。那么，当有人向你表示关怀爱护的时候，是不是很容易被感动呢？我想，是的。

"情圣兄，搞定了！"他用拳头捣我的腰，"信的杀伤力果然是很大哦！"

我还记得那封只有三句的信，"伊甸园里夏娃是亚当的一根肋骨做成的，怪不得每次想你我都会有一种内伤的感受。我会爱你像爱我自己一样。小燕，答应我，做我女朋友！"

我替高平高兴，因为我见证了他们爱情发展的主要过程。但是，我的眼泪流了出来，在高平他们感情确立的同一天，我失去了我的初恋。

不由得想起一句话：生活突如其来，让我有种向前冲去的头晕目眩。

旅途不长

　　贺运同师妹小玉一起将我送到车站，见我进了站，才依依不舍地挥手离去。

　　车上人好少，位置有一半是空的。我实在坐不住了，便移身到旁边的位置上，冷眼打量一个个兴致勃勃或是睡意浓浓的男女。

　　原来坐我背后位置的是一位短发的女孩，穿淡红色兼有白色斑点的无袖上装。桌上的垃圾盘里堆了小山似的瓜子皮，嗑瓜子的声音在列车晃动的嘈杂声里仍很清脆。

　　突然我有点兴奋，有点紧张，于是转身来坐下，佯装看了几页书，便掏笔在书上写道：挑战极限之一——学会跟陌生人聊天。10月6日。

　　写完了，我做了个深呼吸，探过头去，轻轻地触碰她的肩，很滑。

　　"嗨，小姐。"我有点为自己的称呼不好意思，"可不可以坐你对面？"

　　"可以啊！"她大大方方地扬起头，神态像是估计到了我会跟她打招呼。

　　于是我搬了水果、书和矿泉水，在她对面坐下。翻开书来，又要将头埋进去时，那边已经问过来了。

　　"你干吗问我可不可以？"她的眼睛好大，"这位置又不是我的。"

　　尽量久地看着她的眼睛，我总有向这种漂亮的大眼睛挑衅的兴致。待她终于眨着眼睛避了开去，才说："对你表示尊重啊！"

　　她笑了，笑得很自在，没有夹杂其他的表情，又用手捋了捋头发。

紧张悄悄地消失了。

"你为什么要换过来呢？"

她像是调皮的那种，不像有些年轻人在外时常装的那种稳重与深沉。

"你转身看看吧！我位置前的桌上放了瓶啤酒。"

她便真的起身去看，看完了静静坐下，也不再问话。

"对没开瓶的玻璃瓶啤酒我总是怀有一种莫名的恐惧。"我担心陷入沉默而尴尬。

"还以为你是怕对方是个酒鬼呢！"她抿了抿嘴，"你被伤害过？"

真是聪明的女孩。

"一年前跟同学吃饭的时候，啤酒瓶在脚边炸开。留下了很大的疤。"

她脖子的右下方有一颗痣，黑色的，在洁白的脖颈上很显眼，但并没有让人觉得不协调。

我不喜欢空调车并不只是因为它空气不好，好像每次都是在白天有太阳的时候空调温度被调得很高，不得不只穿很少的衣服。而到了晚上，空调会让我把背包里的外套全部派上用场。

列车在夜间行车的时候，关掉了一半的日光灯，车内却仍是雪白亮堂，站起身来能够看到其他乘客的表情。列车行驶在空旷的原野，或是两辆车擦身而过，或是穿过隧道的声音能够很容易分辨出来。若将视线移近玻璃窗，用手遮了从上泻下来的灯光，还可以看到车外飞速后退的模糊景象。运气好的话，也能碰到灯火通明的小城，错落的灯光将黑夜分割开来，每个闪闪的亮点都扩散出一圈蒙蒙亮的光，交织成一幅安详的图画。

醒来时，天已经大亮了。车内的人不知何时已多了起来，我原先的位置也被一个带了小孩的女人坐了，而对面的位置已然空空如也。我定定地看着对面的位子，仿佛能看出之前那个女孩坐过的痕迹。而我不知道她的名字。

少数旅客睡醒了，拿了毛巾、牙膏排队等着洗漱。人们都是小声说着话，倒是偶尔传出的鼾声，盖过了其他的声响。

时不时有人轻声惊呼着奔向窗口，兴致勃勃地指指点点。一排一排的窑洞出现在不远处的土堆上，也有单独一个出现在美妙的黄土堆上的。

"里面是冬暖夏凉的——比空调都安逸！"一位四川老兄发了话。

人们就议论开了，声音越来越大。睡梦中的人们纷纷醒来，揉揉惺忪的双眼，活动活动维持了一夜姿势的四肢，满足地打着哈欠。很快，又有人加入观光讨论的行列。看着、听着这兴奋的一群人，我慢慢地笑了。

我的胳膊被人拍了一下。

侧身看时，却是昨夜对面的女孩，提着洗漱袋，头发湿湿地站在那里，比昨晚更多了一分灵气。

"一个人笑什么呢你？"

问这话时，她也已经在笑了。

"没什么，突然想起一个同学的话来。"我笑得更厉害。

她缓缓地将洗漱袋装进背包里，在对面坐下了，才饶有兴趣地探头追问："说来听听！"

她的牙齿很整齐。

"看到外面的窑洞没有？"

"嗯！怎么啦？"

"我们同学在网上聊天，聊到单位分房的事……"说到这里我停了一下，她却并不继续追问，只等我自己说下去，"一个分到宝鸡的同学说，'你们谁也别吹了，我们刚到单位的时候，每个人发把锄头，要一室一厅，一室两厅，自己挖！'"

说完两个人都大笑起来。

"你坐多远？"

我害怕她很快离去，不能做长久的交谈，再度陷入无助的苦痛思绪中。

"终点站啊——好像我坐车大多是到终点站的。"

我笑了，毫无知觉地笑了。

"你是刚刚毕业的吧？"我自己都不知道为何会有这么一问。

她很大声地笑出来，很惊奇的样子。

"你看人看得比较准哦，很多人都说我很小。"

"你看起来是比较小。"我庆幸刚才没猜她还读大学，直视她的眼睛，这次她没有逃，"我也是 1998 届的。"

话题打开了，我们很宽泛地聊开了，什么都聊。好像共同点越来越多——她老家也是湖南的，居然还就在我们邻县；居然也在沿海工作，这次也是到成都去玩；居然也对工作不是太满意；居然看过很多书，也想过要当一名老师。

当我第二次问她看不看书时，她欣然问我有些什么书。我总要担心自己一个人看书把她搁那儿不太合适。

"三毛的书。"

"好，好，我喜欢她的书。"她接过书愉快地翻着，"之前也看过一些，有写得不错的……"

"譬如说《撒哈拉的故事》，是吧？"

"对对对！"她两颊有时会有两个酒窝，说话是很轻柔的。

说要看书时我们并没有马上就看。聊到当老师时，我说现在的教育体制还有很大的局限，学生总是啃老师给的，而不是自己喜欢的。

"如果我是老师……"我们这样开头，说了很多，说如果教地理的话绝不死板地教他们成都是哪个省的省会，西安在哪、上海在哪，而是告诉他们 K284 次列车从成都到西安大约是 100 元，那么问他们到上海大概是多少钱一类的问题。

"你还是很有想法的！"

我不知这算不算句夸我的话，便只笑一笑。她又说很少有我这种愿意给人当听众、说得少听得多的人。其实她哪知道，是我心里太苦，不敢说得太多，怕传染给她糟糕的情绪。

她七天假玩了很多地方，峨眉山、青城山、都江堰都去了，还一个人拿了地图在成都市里找小吃。玩得很累很尽兴，说时却仍是兴致勃勃，又向我介绍贵州的山山水水，说黄果树瀑布如何迷人。

我只是笑着往她眼睛里看，也不避让，很空。

她也有说累了独自看书的时候，很专注的，不时发出叹息或是笑声。我也看我的书。

列车晃得厉害，眼光追着书本跑是很累的，我便抬眼看窗外。即使是白天，窗上也映着车内的景象。

"你听过那首诗吗——'你在桥上看风景'。"

"听过啊。很多广播里都用它开头。"她合上书，"怎么啦？"

"你在车上看书，看书的人在窗上看你。"

我们相视一笑，也许眼光有片刻的朦胧，但很快就消退了去，又开始新一轮的交谈——其实主要仍是她说我听。

白天在列车的有节奏的咔嗒声中被甩在后面，又一幕夜色降了下来。旁边早有人来坐，大概是极其疲惫，没等到熄一半的灯，就已睡得酣了，偶尔被我们的说话声吵得半醒，便很不耐烦地翻个身。

不好意思总是打扰别人睡觉，但停下来时我要独自去感受心碎后的疼痛，告诫自己要拉个人来一起顶着。

终于，我自己也睡着了，梦里并没有担心的那么恐惧，经历过的彻心的痛也没有再回来折磨我。

这样时醒时睡，很快就到了南京，然后就是常州。

列车缓缓停下时，她睡得正香。我心里很感激她，便拍醒她，跟她说："谢谢，我要下车了。"也许我脸上还带有舍不得的表情。

她睁开了双眼，跟我说再见。

我刚走了几步，回头看时，她又已睡倒在桌上。我很舒心地笑了，跟着人群往车门走。

话童年

建明是朋友介绍的，加了微信聊过几句之后却一直没见面。假期约他，他却正好同他妹妹在附近一家茶室喝茶。见到建明时，他们已经在茶馆泡了一个多小时。

"我妹妹，排行老八。"建明起身来与我握了握手，又介绍说。他戴着一副金丝眼镜，修身针织长袖 T 恤将身材衬得越发挺拔。

"八妹好。"我朝对面一身长裙的女子点点头，拉开椅子坐了下来。

聊了一会儿正事，八妹带着两个孩子去大厅玩，我俩重新泡一壶红茶，拉起了家常，很自然地说到孩子。

他家孩子源源上小学一年级，除了学校留的作业，奥数、围棋、钢琴、跆拳道等各种课外班将时间挤得满满当当。除了工作，他最多的时间竟是领着孩子去上各种课外班。

这样的童年，会留下许多遗憾吧？但身处这个害怕孩子输在起跑线上的时代，许多时候我们都难免随了大流。

"现在的独生子女生活在大人的包围圈中，又累又孤单。"他喝了一口茶，感叹道，"咱们小时候只要不是大病大疼的，父母根本关注不到！"

建明家里兄弟姐妹八人，他排行第二。大姐早早地出去打工了，他成了领头羊。

有一天上午，爸妈下地干活去了，他带着几个弟弟妹妹在村子里玩。没玩多久，八妹爬树时不小心从树上掉了下来。农村里小孩皮实，摔摔碰碰是常有的事，他没太放在心上。但这次只听"啪"的一声闷响，并没有像往常一样很快传来哭声。

建明赶紧跑过去一看，却见她小小的身子平躺在地上，双目紧闭，没了动静。"别装啦，快点起来！"他拍拍八妹的脸。

见只有尘土从她脸上扬起，他和围过来的弟弟妹妹们这才慌了神。

"摔死啦？"

"怎么办？"

"会被爸妈骂死的，呜呜……"

众人七嘴八舌，胆小的已经哭出声来。

"别吵啦！"他略一思索，做出决定，"你，还有你，帮我抬着腿。"

他指挥两个弟弟，帮他抬着尚未僵硬的八妹，悄悄回到家中，平放在床上，再用被子蒙住整个身子。

"如果爸妈问起来，就说妹妹是自己睡觉闷死的。"他一个一个地跟弟弟妹妹们叮嘱，"谁要是说漏了，我揍死他。"

中午饭时，大家提心吊胆地观察着爸妈的脸色，大气都不敢出。然而一切风平浪静，爸妈吃完饭后，就忙着做家务去了。

建明他们心不在焉地扒拉了几口饭，飞快地跑出家门，在村子的各个角落游荡，就是不敢回家。直到晚饭的时候，在妈妈的一再召唤下，建明才忐忑不安地回到家里。

"赶紧吃饭，吃完带着弟弟妹妹睡觉去。"妈妈一边吃饭，一边数落建明，"这么大人了，也不帮着照看照看。"

建明胡乱应付几声，飞快地扒拉着饭。弟弟妹妹们端着碗，都拿眼偷偷瞄他，被他狠狠地瞪了回去。

"啊！"

"鬼啊……"

就在他准备放下空碗时，对面的两个弟弟望着他身后惊叫起来，另一个妹妹直接从凳子上摔了下来。

他飞快地转身，立马感觉手脚冰凉、后背发冷。借着昏黄的灯光，只见八妹正从里屋走了出来，有气无力地耷拉着脑袋，苍白的小脸在杂乱的头发下越发诡秘，像极了鬼片里的情景。

"那时已经吓得魂飞魄散了，却还硬撑着过去拉了八妹的手，跟她说赶紧过来吃饭……感觉到她的手是温热的，我才坚信她确实是活过来了……"建明喝着茶，不无感慨地说，"我就纳闷了，中午和晚上吃饭时少了一个孩子，我爸妈居然一直没发现。"

"那个年代，孩子哪有现在这样金贵。"笑过之后，我往他的杯子里加了一些热茶，"我小时候基本上是在泥巴里、水里、山上度过的。"

想起自己的童年，曾经觉得很普通的事物，对于现在身处大都市的孩子来说，应该是很难体验了。曾经以为很枯燥的日常，回想起来，也满是欢乐。

"小时候没少挨打吧？"建明问。

"那是啊，虽然我是家里老小，父母打得不多，但是哥哥姐姐会教训我。"对于童年的往事，包括挨打，回忆起来都是温暖的，而我与哥哥姐姐的感情，也都很好。

"那次以后，我总觉得对不起她，后来总是护着她。"他抬眼望了望正在大厅里带着孩子玩耍的八妹，目光温柔，嘴角含笑。

"爸爸，你给我买一个新的铠甲勇士行吗？"源源跑了过来，拉着建明的胳膊问。

"你已经有那么多铠甲勇士了，还要买啊？"他微微前倾，将跑得满脸通红的孩子搂进怀里，柔声说道，"我们买书好不好？"

"刚才我看到一个小朋友的铠甲勇士我没有，我想要！"源源指着茶室另一个角落的一个三四岁的小男孩说。

"你的很多玩具别人也没有啊。"建明将孩子额头上翘起的头发捋了下去。

"不行，你必须给我买，必须！"源源脸上写满了倔强。

"什么必须！"建明双眼一瞪，"还讲不讲道理了？"

源源目光飘忽，不敢看爸爸的眼神，小嘴却嘟了起来。

"咱们是讲道理的好孩子，对不对？不能看到自己没有的玩具就要。"建明拍拍孩子的脸。

"哼，你不给我买，我就让姑姑给我买。"源源委屈地嘀咕着，转身跑了。

远远看到他拉着八妹的手又是央求、又是撒娇，直到八妹点头应允了，才挥舞着拳头露出了胜利的笑容。

"哎，头痛啊！"建明叹了一口气。

"慢慢来吧，孩子大一点了会懂事。"我说。

"工作之余的大部分时间都陪着孩子，但是他好像并不领情。"建明摘下眼镜，揉了揉鼻梁。

我无言以对。我们感觉自己付出努力了，但孩子并不一定能领会到。但是，很多时候，孩子也想要自己的空间，反而是身为父母的我们离不开孩子。

"我得带涛涛去上绘画课了。"八妹接完一个电话，走了过来，"你们接着聊。"

涛涛被八妹拽着一步三回头地走了，源源坐在靠窗的一张凳子上，望着窗外出神。

午后阳光将他长长的影子投在茶馆的青石地板上，竟似有了几分惆怅。

梦

洗漱完后，小枕头通常会跑过来跟我说，今天晚上不做梦好吗？我说，嗯，不做梦。他雀跃着爬上床，刚道一声晚安，便已睡了过去。

他最爱看铠甲勇士、奥特曼、西游记这些打打杀杀的故事，也许因为在梦里他会感到害怕，才会这么啼笑皆非地祈祷自己不做梦吧。

我也有生气的时候，就回他说，你肯定会做梦的，做噩梦。他便哭丧着脸安慰自己："不做梦，做梦也是梦到和祺祺一起玩。"

一年级下学期，学校要求他们学《歌唱祖国》。我在手机上下载了歌曲放给他听。小枕头很喜欢，抱着手机不肯放手，吃饭的时候都要听着歌。

有一天早上，我去叫他起床，见他半眯着眼睛，早已醒了。"爸爸，我梦到跳跳了。"他喜形于色，搂着我的脖子说。

"哪个跳跳？"我不记得班上有叫这个名字的小朋友。"就是穿红裙子、歌唱祖国那个。"他满是欢喜，"我给她取的名字叫跳跳。"我想起了歌曲封面上一身红裙、灵气动人的林妙可。好吧，还以为他是喜欢这首歌呢！

"你能带我去看看她吗？"吃早饭的时候，小枕头还念念不忘跳跳。

"人家都上大学了，是大姐姐了，才不会跟你玩呢。"我一边解释，一边催促他快点吃饭。

此后几天，小枕头睡觉前对自己说的话不再是不做梦，而是希望梦到跳跳。

孩子的梦是简单、纯净的，那么，曾经也是孩子的我们呢？

"你还有梦想吗？"国庆几位朋友聚在一起时，聊起这个话题，大家却出奇地沉默了。我只好自问自答，向他们讲起我曾经的梦想。

中学时，政治老师在课堂上进行了一次无记名调查，你的梦想是什么？当时我写的是，要成为一名硕果累累的文学家。

学生时代，我就喜欢写写文章。在学校的报刊上偶尔发个小豆腐块，便如打了鸡血一般亢奋不已，然后将载有自己文章的报刊如珍宝一般收藏起来。

阅读和写作的习惯一直坚持着。刚工作那会儿，每天晚上睡觉之前，我都会靠在床头，读上半小时，通常是最新一期的《读者》，也有《海外文摘》。兴致来了，便起来在书桌前写上一段。

如此，很快我就被部门和公司发掘出来，进了公司通讯社当了编委，从此每月定期与团队成员一起交流讨论，审核修改稿件，也承担一些写作报道任务。

报道文章有它的自身特点和约束，自然是无法完全满足写作诉求的。在空闲的时候，我常常会自己写写。写作逐渐成了我表达情感和宣泄的一种重要方式，开心了，写首小诗，让欢欣溢满字里行间；难过了，写篇散文，将灰暗的色彩过滤，把明亮铺进文中；郁闷了，写篇小说，用虚幻的人物和情节寄托一下情感，记录心路历程。

"这么多文章，可以出书了。"老范听说我已写有六七十万字，便建议道。

"嗯，已经在出版了。"我难掩心中的期待和喜悦，"到时送你们几本。"

"那你的梦想算是实现啦。"李俐属于很会夸人的那种人，朝我竖起大拇指，"至少在路上。"

然而，梦想随着年龄和阅历的增长，也是会发生变化的。如果真要专门从事写作，估计我不会再有这种随感随写的从容淡定了。即便是喜欢的事，一旦成为任务，也会少了几分情怀。

如我并不讲述我现在的梦想一般，其他人仍是不肯表达，或许，梦想在我们心里越来越模糊，越来越遥远？或许，眼前的生活已经让我们疲于应付，只能将诗和远方封存在曾经的记忆里？

短暂的沉静之后，话题转变，重新轻松愉悦起来。

半个月以后的一个周四，祺祺催促着爸爸妈妈把好吃的牛非送来与小枕头分享。当两个小朋友躲进房间听"凯叔讲故事"，我们难得清闲地围坐在一起，泡一壶宜兴红茶。

即便是喝茶，老范也是几个手机不离手，不断地点击操作。

"人说成功男士都有两个手机，你这超越太多了。"我对聚精会神忙活手机的老范说。

老范看了我一眼没吭声，李俐却兴致勃勃地给我介绍起这个网络平台来。

"这是一个创造奇迹和实现梦想的创客平台。"她喝着茶也滔滔不绝，最后用一句话做了总结。

虽然我不了解它的运作和价值实现模式，但是我选择相信他们。

两天后的周末，孩子们再次约在一起打球。果果妈妈带了几个袋子，等孩子们争着抢着打球去了，才依次打开来，出现在眼前的却是一摞资料和几个产品。

家用水处理装置、迷你空气净化器、手机香薰杀菌盒、富氧水，这些产品目前已经不算新鲜事物了，但是精致的造型还是让人眼前一亮。

"洗衣服不用洗衣粉或者洗衣液，一般人难以认可。"她展示着一款洗衣机专用水处理装置说，"我花了三年，让我母亲转变了观念，现在她习惯了洗衣服不用任何洗涤用品，觉得衣服穿着更舒服了。"

说起产品，她不再是那个婉约含蓄的妈妈，而是眼冒金光，口若悬河，整个人散发出强大的气场。

目前空气净化和水处理可以说是一片红海，鱼龙混杂。她能有勇气闯进去确实让人惊讶。

"阳光、空气、水，是目前人们特别关注却又无奈的领域，我们有责任去为保护和改善环境做点事情。"她面容肃穆，"这几年，我在传统行业里赚的钱基本都贴进环保健康行业了。"

即便是产品贴近智能、健康、环保等热点，产品要让人们理解和接受，还是有一个或长或短的过程。我相信她说的话，但一样要先体验产品，才能去评价，毕竟每个个体的感受会有差异。

大家观摩体验着产品，七嘴八舌地给她出主意拿点子，一直到吃晚饭，围绕着这一话题展开的头脑风暴还在进行。孩子们自顾自吃饱了，跑去全民K歌驿站开起了演唱会，玩得不亦乐乎。

"保护环境，消除家用化学洗涤用品，这是我的梦想。"喝着椰汁，果果妈妈终于回答了前面一次聊起的问题。

"那么，我们的梦想就是利用平台和渠道帮助你成功实现这个梦想！"李俐兴高采烈地举起杯子，"来，为梦想干杯！"

祺祺却跑过来说，我能开一个真正的演唱会吗？这是我的梦想！

"你一定可以的，只要你有梦想！"我们不约而同地说。

椰子汁煮的鸡汤，越发腾起清香扑鼻的水雾。电视机里，正在诠释着中华民族的伟大复兴梦。

壶趣

如果你有一个骨灰级的紫砂玩家师父，你也会像我一样爱上紫砂。

自从 2005 年一个周末，在师父的带领下去了徐秀棠大师的"长乐弘"，紫砂艺术文化带给我的，不仅仅是震撼，不再是停留在书本上的冰冷的介绍。它如一股清泉，一缕清香，直入心间，让人忍不住深吸几口气，心便变得平静起来。

有人说，紫砂是离心最近的一捧陶土。我深以为然。不然为何当我第一次捧起一个紫砂壶时，会有那种相见恨晚、一见如故的感觉呢？

在参观了徐大师的紫砂庄园和部分作品后，我们还观摩了紫砂壶的制作过程。由岩石风化、研磨、沉淀、锤炼而成的紫砂泥，在匠人的手中辗转腾挪，变幻出一个个精美的形状，待晾干了，再入窑烧结，定格成一个美观又实用的茶具。

在入手了一个紫砂壶后，我每天上班第一件事就是烧水泡茶。捧着热乎乎的茶壶，喝上几口，整个人都神清气爽。累了渴了，随手端起茶壶，对着嘴呷上一口，消暑解乏。下班后，我会用干净的棉布把茶壶洗得干干净净。

师父说，器之用为养。我没有刻意地去养，只是细心地使用、观赏、摩挲，它便一日一日光亮了起来。带着茶色哑光的紫砂壶，远远望去，如玉一般润泽。

之前我只知道宜兴出紫砂壶，却不知真正有紫砂矿和最集中做紫砂的，仅仅是丁山（丁蜀镇）而已。往后每当有空的周末，我都会跟着师父一起，驱车前往丁山。

通常一个小时的车程，就能到徐大师那里喝茶聊天了。待到十点半左右，再去樊剑平的工作室，接着喝。

樊剑平是"鬼才"顾佩伦的徒弟，老实憨厚。每次过去，他都会赶紧从工作台上站起来，细心地把尚未完工的作品放到泡沫箱里，再洗手泡茶，招呼我们。他话不多，只在展示他的新作品、聊起创作灵感和心得体会的时候，才侃侃而谈，神色也变得生动。

在宜兴，最常泡的茶，自然是宜兴红茶。师父说，宜兴紫砂、宜兴山泉水、宜兴红茶，此乃绝配。当年喝得多了，没觉得稀奇。多年以后，定居北京了，难得喝到宜兴山泉水泡的茶了，回味起来，才感觉那真是独特而令人怀念的味道。

樊老师抽烟，但上午是不抽的，当有人点烟时，他会默默地将紫砂做的烟灰缸挪到客人面前。

中午饭通常去龙背山旁的茅山饭店，吃山上的野菜、蘑菇、山羊，还有大鱼头炖汤。一小杯酒下去，话题几经辗转，又会回到紫砂上，谁家上了电视，哪个评了高级职称，谁谁谁淘到了一个老壶……

吃完饭，我们会再去其他一些紫砂艺人家里或者工作室喝茶，这期间见到了许多平常电视上、书上才能见到的人，比如何大师、鲍大师、顾亚明等。

对大师，自然是极尊敬和崇拜的，我只静静地坐着，聆听师父与他们高谈阔论。顾亚明带给我的，是轻松随意的感觉。他是顾佩伦的亲侄子，早年跟业内前辈拜师学艺，间或去顾佩伦的工作室，接受"鬼才"的指导。

顾亚明的作品，是我特别喜爱的类型。他从一开始就坚持全手工做壶，作品多是薄壁轻巧的小品，光货、花货都有。

"鬼才"玩泥到了出神入化的地步，这点在顾亚明的作品上也逐步展现。他用做壶的尾料随手捏的莲蓬、板栗等小物件，也会在表面推上一层不同颜色的泥，烧好的作品，颜色丰富自然，油润细滑，让人爱不释手。

我总共只见过他两次，对于他的作品，却一直在关注。每当想起来的时

它如一股清泉，一缕清香，直入心间，让人忍不住深吸几口气，心便变得平静起来。

候，就会发微信问他最近在做什么，等他拍了新作的图片发过来，我大抵会经不住精美作品的诱惑，订上一个。

我曾经有三年时间独自一个人在北京。周末的上午，起来第一件事就是烧一壶水，泡一壶宜兴红茶，静静地看水雾从壶面升起，夹着软糯甜香。将泡好的茶注入公道杯，再分到小茶杯里，这个过程是轻缓的、愉悦的。几口下去，唇齿留香，暖意自丹田扩散至全身，汗意微起，每个毛孔都舒坦了。

午后，我通常也是开着电视，泡上一壶茶，心不在焉地看着各类节目，细细摩挲着温热的茶壶，时光从容淡泊。

酒越喝越醉，茶却越喝越清醒。睡前不能饮茶的定律，到我身上已经不适应。睡前要是不泡上一壶茶，美美地喝个够，总觉得一天是不完整的。直到后来医生说睡前大量饮茶对肾压力很大，我才适度减少了睡前饮茶的量，浅尝辄止。

买的紫砂壶逐渐多了，在泡茶的时候，就有了更多的选择。绿茶通常用紫砂杯泡，普洱用肚深口窄的壶泡，红茶则相对随意一点，仿古、石瓢、掇只壶全能用上。一个紫砂壶坚持泡一种茶，茶香更为纯正，壶养起来也更漂亮。

空闲的时候，我会把装好的紫砂壶拿出来几个，细细端详。挑一两个，用干净的水壶，加茶叶煮上一个小时，再用清水洗净，就开始启用了。启用新壶之后，也会把本在使用的紫砂壶洗净、晾干，装进盒子里，待下次再用。

也许，爱一个人会随着时光淡去。但对壶的感情，随着时光的脚步，爱意却越来越浓。

紫泥的、段泥的、朱泥的，各色各样的紫砂壶，伴随着心路历程，听了太多我心里想说的话，但是它们不说也不传，只静静地立在茶海里，沉淀时光岁月，任世事轮回。

休闲周末

一时兴起报名参加了公司组织的瑜伽兴趣班。资深瑜伽爱好者张姐带领大家，从最基本的动作学起。然而，两次训练之后，即便是最基本的动作，也让久未锻炼的我的一把老骨头散架一半。

"身上疼不？"电梯里碰到一起练习的同事，这句话成了最常见的问候。

周五，工会请的专业老师首次来教课，依然是从零开始，一系列基础动作下来，我的骨头又散架一半。最为要命的是，散的是同一半。

"深深地吸气……缓缓地呼气……双手保持同一高度，放松肩膀……"老师穿行在各色各样的瑜伽垫间，不时纠正一下大家的动作，"是不是很酸？……说明你们平时用电脑、玩手机太多了……"

原本轻松的气氛悄然改变。

肩颈酸疼无力，应该是大多数人的共病，既然问题凸显出来，有此机会，让人不由得把锻炼恢复当成一件重要的事，听课更为认真，动作也力求准确有效。

周六早上，阳光从窗帘上透进来，浑身酸痛得不想动。看看手机，已经是上午十点。打开"得到"App，听了几段音频。

"现代人习惯了起床第一件事是打开手机看微信，晚上睡觉前最后一件事是看朋友圈……"

音频里的声音浑厚而富有磁性，听在耳里，却让人惴惴不安。

好吧，虽然没那么严重，但是手机确实占据了我太多时间和精力。想当初还没有智能手机的时候，生活完全是另一番景象，更不用说没有手机的时候了。

不由得想起木心的那首小诗——《从前慢》：

> 记得早先少年时
>
> 大家诚诚恳恳
>
> 说一句 是一句
>
> 清早上 火车站
>
> 长街黑暗无行人
>
> 卖豆浆的小店冒着热气
>
> 从前的日色变得慢
>
> 车马邮件都慢
>
> 一生只够爱一个人
>
> 从前的锁也好看
>
> 钥匙精美有样子
>
> 你锁了 人家就懂了

如今生活丰富了，信息发达了，心灵鸡汤喝多了，心却并没有富足起来。这大抵是走在路上、挤在地铁上也抱着手机的人们的通病了。

电饭锅已经跳到保温挡，砂锅在煤气灶上小火炖着羊肉，我就可以洗手泡一壶高山野茶了。

有人曾说，最好的经济模式是能帮助顾客把时间精力节省下来，浪费到感兴趣的事情上去。我深以为然。

周末最惬意的时光，就是泡一壶茶，发发呆，看着阳光从南面的窗户溜进来，将小枕头的书和玩具抚摸一遍，再悄悄溜走……

午后阳光依然耀眼，公司楼下的一树银杏，金黄的叶子，在蓝天白云下格外靓丽。西斜的太阳，将我和果果的影子拉得老长老长。他一直叽叽喳喳地跟我说他在托管班得的积分卡，盘算着这些积分能换到什么样的礼物。

当祺祺出现在远处的楼下，果果才欢呼着奔跑过去。两个小屁孩如久别重逢的老友，紧紧地拥抱，甜蜜地微笑。

"小枕头呢！"环顾几圈，祺祺才发现还有一个小伙伴没有如往常一样热烈地扑将过来。

小枕头却是在我们打乒乓球、玩篮球个把小时之后才赶来，不过这并不影响他们欢欣的心情。整个空间很快被他们的追逐打闹、嬉戏呼喊声填满。

这样的时光总是过得飞快，当晚饭过后，已是晚上九点。我泡上一壶茶，浏览一下几位朋友动态。

一位爱唱歌的同学在直播间里唱得正嗨，与观众的互动越发自然从容。实力达到一定程度，能否评优和吸粉多少，更多是要看画面效果和临场经验了。当然，这些都不是长久支撑唱下去的理由，除了发自内心的热爱！

而远在西双版纳傣族自治州的哈尼族姑娘杨丹，刚刚完工了新设计的一款迷你七子饼。小巧别致的茶饼，在保留香醇的同时，也方便了存储和冲泡。

"茶的世界里，人来人往，有的人找到了人生的归宿，有的人实现了灵魂的救赎，有的人发现了生命的诗意，有的人重建了与祖先的联系，而更多的人把茶视为安身立命的根本，抚平心灵的创伤。茶的馨香，让我们停息疲惫的脚步，或者，奔向远方……"她说。

做喜欢的事，做纯正的茶，当爱好和事业结合，接下来要做的，就是坚持、坚守。此刻，矗立在山顶上的茶庄，已沉入暮色里，唯有经久不息的茶香，在山风中越飘越远。

一壶热茶下去，一天的疲惫消除大半。再冲个热水澡，就可以靠在床头，听听音频或者读上几页闲书了。

小枕头洗漱完毕，过来背口诀似的说"晚安，希望今晚不做梦"的时候，我刚听完几段"得到"音频。

将手机调到静音，随手拿起床头的书。

夜色如墨，台灯柔和的光照在书上，字里行间都洋溢着舒缓。

晓
月
山
风

　　这几天睡眠颇差，即便是周末，也早早醒了过来。淡灰色的天空，正纷纷扬扬飘着雪花，刚刚冒出嫩芽的杨柳，树梢已覆上一件白色的轻衫。

　　眼看就是春分，北京的这场雪，委实让我们等得太久。突然想起，远在千里之外的栗原小村，此刻应是在晨曦里酣睡舒展，昨夜从千岛湖漫起的水雾，也正随着太阳升起，逐渐散去吧。打开手机，见到"村长"发在微信群里的几张图片，整个心思竟随了它去。

　　从观景台远望，数不清的翠绿小岛，漂浮在瓦蓝的湖面，三五支紫红嫩芽闯进镜头，俏皮地招摇。尚未吐绿的乔木，在道路两旁林立，将本就蜿蜒的山石小道映衬得格外幽深。满布青苔的山腰空地上，散落着几片枯黄树叶，与不远处已换新装的树枝默然守望。

　　上午，栗原小村已是一派繁忙的景象。采茶的人们在茶垄间辗转腾挪，将一个个嫩绿的芽尖掐进手心，放进竹篓。几棵野葱经不住明媚春风的诱惑，早早地伸展开身姿，投入无处不在的春光里。层层叠叠的梨花将枝叶都隐了去，不时撒落在树下劳动的人们头上、肩头，宣告着此刻的繁华。

　　记得栗原小村有着别致的茶室，午饭后，几位友人围着原木茶几，在蒲草圆垫上就座，品一壶小村的新茶，会是何等惬意啊！或者漫步在小村的农场，去抱抱呆萌的小羊，去看看将要生产的香猪妈妈，去找找草丛里的鸡蛋、鸭蛋，去给成天飞舞的草鸡喂食，去给骄傲的孔雀拍照。若是愿意多走两百米，千岛湖边幽会的小鱼，应该也不会介意突来之客的打扰吧。

下午小憩一会儿是无比惬意舒适的，要是躺在小村日式风情的房间里，任午后阳光爬满窗台，听远处隐约的鸡鸣狗叫，更能抛却心间的积郁，且追一帘美梦。爬几步原木台阶，去往后山，往地上一躺，阳光从密集的树冠透进来，在草地上斑驳出光影流动的图案。山风携着千岛湖微凉的水汽悄然而至，山茶花的清香在空气中迷离缥缈，深吸一口气，怎能不醉倒在春的缤纷里？

落日余晖下，栗原小村的青瓦白墙定格成一幅唯美恬静的画卷，谁家晾晒的雪菜，散发着浓郁的清香？小村的酒吧，才刚要开始热闹。点一壶小村自酿的米酒，摆一个舒服的姿势，就着摇摆的烛光，或是独酌，或是群饮，甚至发发呆，再趁三分醉意，回屋倒进柔软的被褥里，管他木窗未刃，管他山风夜冷，也不枉一番好时光。

只是这样的沉睡，怕是要辜负了皎白月光。夜幕下，山林树木，湖水小屋，都被月色镀上了一层朦胧的白，融进越发弥漫的水雾里，如梦似真。待到天明，晓月悬空，桃花松懈着睡眼在晨风中醒来，小村又将迸发勃勃生机。

久居城市，疲惫了眼和腿，多想与小村有个约会，短暂抛却烦忧，洗涤麻木了的脑和肺。心念一动，竟等不及要投身小村的怀抱，去体验那暂离喧嚣尘世的安宁！

晓月山风，应知我心。

冬
至

冬至，上海外环高架上堵成一条长龙，或明或暗的车尾灯点缀其间，排气管腾起的白雾，在明亮的阳光下袅袅升起。原本四十分钟的车程，花了一个半小时才到达目的地。

茶馆坐落在一个小巷子里，没有广告牌，没有霓虹灯，仅有"隐溪茶馆"几个杯口大的字刻在墙上，一不留神就走过头了。

待回过头来顺着门牌号找到它时，一辆SUV开过来，车窗放下，开车的女孩将手伸出窗外冲我招手，隐约还说了一句什么。正要询问，车已如风一般掠过，留下一道灰色的残影。

一支烟还没抽完，SUV又绕了回来，停在茶馆前的车位上，一身休闲装的女子径直向我走了过来。直到她走到近前，开口招呼了，我才确定她就是建建。

并不显眼的茶馆，生意却是不错，预订了位置也需要排队。服务员的服装比较复古，脸上始终保持着微笑，等位的间隙，先端上来两杯刚煮好的老白茶。

回甘迅速的老白茶，几口下去，已将仅有的一丝寒意驱走，屋内飘起暖暖的茶香。一杯茶没喝完，服务员过来请我们入座。

茶室空间不大，一张长桌上摆放着两套陶瓷茶具，四张圈椅都配备了柔软的靠垫。透过双层玻璃窗，光秃的树枝在蓝天的映衬下更添一分沧桑。

用新买的南瓜壶泡上自带的宜兴红茶，独特的香味很快将我们笼罩。"好香。"连不怎么喝茶的建建也不由得赞叹。

　　"喝茶减肥吗？"

　　"你有过中年危机的感受吗？"

　　…………

　　一连串的问题，我泡茶的手略微迟钝，思维总是会占用一部分内存。

　　"狮子座？"我没有回答她的问题，反问道。

　　"你怎么知道？！"她蓦地一惊，坐直了身子。

　　"喝茶，喝茶，徐大师家的明前红茶。"我将小瓷杯端到她跟前。

　　想飞适时敲门进来，一身天蓝色的抓绒外套，黑色方框眼镜，一副典型金融圈男士打扮。

　　算是半个金融人士的建建神色明显放松了下来，话题开始转入投资融资等专业问题，我对此没有任何发言权，索性专心泡茶。

　　当翔子和宇哥联袂而来时，我们刚准备换一壶茶。

　　翔子一副儒商形象，嘴角自然地挂着微笑。宇哥一如既往老实憨厚的好孩子样，但是熟悉的人都知道他犀利无比。

　　握手或者拥抱都显得多余。

　　"坐，喝茶。"相视一笑点头，就算是打过招呼，我把洗净的杯子置于他俩跟前，将新泡的茶汤慢慢倾注。

　　大家天南地北地聊着天，虽有一两年未见，感觉还似从前，轻松惬意。在前行的道路上，独行总是会比较久远，朋友偶尔的问候与陪伴，像是间或出现的加油站。

　　天色渐暗，简单沟通一下，就决定了去吃湘菜。刚出茶馆，舵主的白色路虎已经静静地停在门口，花花在副驾驶位笑得无比灿烂。

　　我和翔子上了舵主的车，建建带着想飞和宇哥紧随其后。

　　一路前行，并不是很堵，却也快不起来，诸多的小角度转弯和单行道绕得我眼晕。路边水果店的大妈高声地用简单的英语与高鼻梁的国际友人沟通着价格，一位穿着一身冬装、骑着老式自行车的女孩叼着香烟一闪而过。

"巡湘记"貌似换了厨师，血鸭更为正宗，干锅莴苣腊肉遭遇哄抢。

"多久没有这样好好地聊过天了？"菜还没上齐，两罐啤酒下去的舵主已然目光迷离。

如果有一个理由，或者借口，让你可以拒绝暧昧，远离绯闻，那么，就是拉伤。自从喝多了跑到花花家楼下去，躺在冰冷的水泥地上，等到的是花花携老叶联袂而来，舵主就宣称拉伤。

有时候，拉伤是一种不可告人的疼，不需要人怜悯，不需要告慰，只是在静寂的夜里，独自舔舐淋漓的伤口；有时候，拉伤是一个心结，心被占满了，分不出爱来给旁人，麻木茫然的躯体只是表象，用以掩盖熊熊燃烧的内心。

"谁说中年男人油腻？又是谁说中年男人苦，连狗都不如？"他仰头将杯中酒喝掉，重新打开一罐。

时光总会在久别的朋友重逢中飞一般流逝。当服务员过来催说要打烊了的时候，众人才意犹未尽地起身离开。

"要不你别回去了。"想飞送我到宾馆的时候，我对他说。

"好啊。"明显早有此意的他一口答应，轻车熟路地带着我上了七楼。

一张复古大床却是尴尬了，好在原本说要夜谈的我，洗漱完后一倒下就睡了过去。迷迷糊糊地听到想飞在打电话，吵得我睡不安稳，梦也是喧嚣嘈杂的。

"你的芳华千帆阅尽，我的忧郁与生俱来。"梦里我似乎在与几个朋友打牌，喝着茶，却有点恍惚。

"读不出温暖，只因你不是对的人。"有时候，拉伤是一种情怀；有时候，拉伤只是你读不懂的痛！

青烟弥漫的烧烤摊前，舵主声音低沉，目光深邃。

想飞用浓浓乡音的普通话读起了新诗：你从冬天走过／春天就已来临／白雪盖不住花香艳丽／风吹来你的讯息／广袤大地／你的芳华／尽收眼底……

我还梦见了热气腾腾的饺子。

清明

春分前的一场大雪，惊艳了等待已久的人们。

然而，生活中的意外无处不在，清明前夕，刚收拾好秋裤毛衣的人们望着天空中再次飘落的雪花开始凌乱。

雪只下了一阵，朋友圈各种桃花浴雪的美景却层出不穷，羡煞几个月前变着花样晒踏雪寻梅的人们。

"清明节快乐！"清明上午，小枕头一睁眼就咧着嘴冲我说。怎么听也觉得别扭，一时又找不到语言。等待良久的他不明所以，嘟着嘴穿衣服起来。

"清明节是祭祀和缅怀先人的节日，跟端午节一样，通常我们不说快乐，而是说安康，比如清明安康、端午安康。"我帮他扣上最上面的扣子，耐心地解释。

小枕头似懂非懂地点点头，又说："我不想你们去世！"

"大清早的，瞎说八道什么呀！"妈妈过来拍拍他的头，"快点起来，一会儿我们就要出发去玩了。"

群里开始播报各大出京通道拥堵情况。原定九点出发，不得不往后推迟了两个小时。当去超市采购完食材，已近中午，六环的车流依旧密集，直到上了京昆高速，才畅通起来。

进入河北境内，带着姥爷和果果哥俩先行抵达的易大师终于熬不住没吃早饭的饥饿，接二连三地来电话关心粮草大军到哪里了。刚才还在车上争吵打闹的小枕头和祺祺安静下来，竖起耳朵听，又挥舞着手中的甜甜圈和面包，对着手机大喊"好吃的来了啊……"

到达一渡青青小镇，时间已经是下午两点，去小区食堂胡乱填了几口的力源拖着受伤的腿，出小区来迎接我们。车门刚一打开，孩子们就欢呼着跑进别墅的大门，在各个角落奔走。

姥爷站在客厅门口，满是慈蔼的微笑，告诉我们已经煮好一锅米饭，就等烧菜了。

半小时以后，我们并没有烧菜，却是在玻璃屋顶的凉亭下生好了火，把木炭烧得通红通红，再将牛肉、羊肉、豆角用竹签串好，在架子上烤得吱吱冒烟。香味在院子里蔓延开来，为了占床位争得面红耳赤的孩子们暂时转移了注意力，围在烧烤架周围，盯着鸡翅、火腿开始了新一轮的争吵。

本计划在家接待亲戚的梁军，终于经不住美食的诱惑，带着亲戚火急火燎地从北京赶了过来，一家七口加入，场面蔚为壮观。两个烧烤架都燃着通红的炭火，众人将食材一批一批地烤起来，红酒杯与可乐杯交错。

吃得腻了，我悄悄回到屋里，取出带来的紫砂壶和杯子，点一支艾香，泡一壶宜兴红茶，坐在沙发上微微往后靠，保持一个舒服的姿势，闭上眼睛。

一壶茶下去，短暂放松了的思绪又运转起来。在这样一个传统节日里，总想做点什么。缅怀先人或者亲人，甚至某段逝去的旅程，也许是寄托情愫不错的方式，但对于已经逝去的人和事，自己过好每一天，才是最好的方式。

我们常常寄希望于明天会更美好、更幸福，总是叮嘱亲人朋友要珍重，应知今天都不努力活好是没有明天的，各自照顾好自己便是对亲人和团队最好的支持。

孩子们一会儿打闹嬉戏，一会儿跑到炉子跟前吃几根烤串，如此直到晚上十点，还是不肯洗漱上床。我吹了风有点头疼，便先洗漱完毕躺了下来。

记起早上同学发的一篇文章，我又爬起来掏出手机，重新品读一遍《清明节，我们谈谈死亡》。文中的一句话深深地震撼了我——"直到死亡才有可能活成自己想要的样子"。

是啊，我们总是在寻找，在迷茫，在夜深人静的时候一遍又一遍地问自己，但我们往往找不到答案，或者是找到之后，很快又要进行修正甚至否定。当旅程将要结束的时候，这个不断轮回的游戏才会尘埃落定，即使不完美，安慰一下自己，也过去了！

翌日，一觉睡到自然醒，下楼时见到姥爷已经熬好了一锅绿豆红枣粥。出小区跑了两公里，才回到院子里，与老范一道就着昨晚烧烤剩下的食材烧了一个肉末茄子、一个红烧肉，又凉拌了一个香椿，热了馒头，才叫太太孩子们起来用餐。

饭后再燃起木炭，将余下的羊肉串、骨肉相连等全部烤了，在逐渐温热起来的阳光下，大家依依不舍地打道回府。

路上依旧有点堵，当带着黏人的小枕头赶到村长家时，比约定的时间晚了二十分钟。十余位帅哥靓女围坐在一张大圆桌边上，每人面前一个洗净的玻璃杯，静等我开场。

小枕头爬到我腿上，热切的目光定格在他期盼引以为豪的我的脸上时，我抛却了腼腆与顾虑，涌起无限柔情，缓缓开口道："茶无定式，随心而往。各位下午好，我是边人，欢迎参加栗原小村新茶品评活动……"

"今天从河北过来，在来之前，我特意赶回家洗头发、换衣服，刚才又洗了手，这其实是品茶的第一层，净！哪怕生活多么苟且，在面对茶时，我们都要心怀敬畏、敬爱，虽然不一定华丽，但至少我们可以干净。"

我们依次将开水注入玻璃杯，再闲聊了几句栗原小村的湖光山色和时令美食，待水温降低了，才将一袋小村新茶打开，各抓一小撮放进玻璃杯里。

茶叶下去，清香立刻就飘了上来。用手握住玻璃杯轻轻晃动，茶叶转着圈儿沉下去，又浮上来。

"过于讲究茶道的流程，更多是表演性质。"品着清新靓丽的新茶，我说，"作为一个好茶的人，喝茶主要是营造一种心境，环境、人、情绪都会影响心境，但我们总意图至少在品茶的那一小段时光里，心境是平和的、舒展的、可复制和延续的。

"不是非要雅室名壶清风明月、繁花暖阳……茶是一个境界一种情怀……

"在路上，一样可以以茶为友。陌生的环境、流动的人群、奔走的腿应接不暇的眼，让茶湿润双眼，在内心深处腾起无限茶意。

"听，茶叶在水中滋滋作响。看，它在热浪中起降沉浮。它雀跃欢欣，也许，它喜欢这样的旅程！

"……

"昨天的清明节，我们缅怀逝去的先人，更懂珍惜活着的美好！今天我们共话春茶，品尝大自然的馈赠。感恩，活好当下！谢谢大家！"

是夜，睡前，如往常一样泡一壶茶。熟悉的茶香，在我略微疲惫的心间注入一丝清明。

谷雨

天色阴暗，春风骤冷，谷雨这天的雨，却硬是憋到了第二天才落下来。

早先清明的一场雪，让"清明断雪，谷雨断霜"的古语看起来未必准确。原本应该寒潮天气基本结束、气温回升加快的时候，气温突降，便也不再大惊小怪了。

时快时慢的雨点，敲打着遍布尘土的雨棚，钻入已然茂密的树梢，跳跃在各色各样的雨伞上。四环上飞驰的汽车，比往日更为迅速，呼啸着远去，带起一帘水雾。

恰逢双燕、易大师搬家，早几天便约了去认门暖房，也好让孩子们聚聚。赶上临时紧急任务，周末两天都得加班，原本想着能帮上点忙，顿时化为泡影。

雨一刻不停地下了半天，临近中午，易大师便晒出满满当当一桌美食，催促大家加快脚步。

我冒雨接了小枕头，赶到小区门口时，刘老师正好迎了出来。小枕头迫不及待地跑向门口，一边拉扯着雨衣，一边呼喊着小伙伴的名字。

面积并不大的房子，因为巧妙的设计，十几个人在客厅、饭厅行走参观，或者安坐闲聊，并不显得局促。姥姥姥爷与老范、同方在茶几上玩着扑克牌，孩子们对"不许动电脑、不许爬床上去"的禁令置之不理，热情高涨地在各个角落奔走打闹。

最后一个到来的廖老师出现在门口时，筹备了大半天的易大师摆好凳子、椅子，招呼大家就座。孩子们对美食的兴趣并不是很大，抱着碗胡乱扒拉几口便又投入到他们自己的游戏里。

菜品丰富且色香味俱佳，大厨却是一位颇为帅气的 90 后小伙。当众人纷纷赞叹时，他腼腆一笑，兴奋的红潮在脸颊涨起。

"为啥搬家啊？"席间不免要问。

"原先的房东要涨价，且一年一签。"易大师说，"虽然价格不算太离谱，但是这种一年一涨的做法让人不舒服。"

"这么烦人，那还是搬了好！"

生活需要改变，也需要平静，每年都要议价且牵挂着可能要搬家，确实会影响到心情。动与静的平衡，如果超出了自己的心境，便会不舒服。

饭后雨却是小了许多，偶尔几根透亮的雨线，从依旧晦涩的天空中垂下来，却成了孩子们嬉戏的道具。即便是网格运动鞋踩在水坑里，或是屋檐上洒落的大串水滴弄湿了头发，孩子们还是愿意在小区的休闲运动区流连。

这样的午后，自然是要泡一壶茶。

老白茶在滚烫的开水中翻滚沉浮，不多久，甜香便从玻璃壶口倾泻出来。易大师不知从哪找来几个印花的玻璃杯，恰是儿时乡下常用的杯子。淡黄透亮的茶汤倒进杯子里，捧在手心，茶香就着些许回忆直往心间钻去。

江南的人们，此刻应是采好了一筐新茶。

如明代学者许次纾在《茶疏》中所言，"清明太早，立夏太迟，谷雨前后，其时适中。" 谷雨是采茶的时节，清香的谷雨茶也被称作"二春茶"，是一整年中的茶叶上品。

许多人热衷于明前茶，但其价格却居高不下。虽然明前茶的品质更加细嫩，但两三泡之后，味就变淡了，而谷雨茶久泡仍余味悠长，鲜活得如枝头再生。

当然，各有所好没什么不好，"君子以同而异"，同为纷繁的世界中之一员，而异于他者之持守自己，在相同的事物里能感知微妙的差异，可以和而不流，特立独行。

之前的老白茶已经没了味道，便再抓一把茶叶投进玻璃壶，用开水一冲，继续茶话。

茶如交友，只有慢慢地品味，才能品出茶的清香，品出感觉，品出默契，品出越久越醇的友情。

品茶亦是品自己。当端起茶杯，双目微闭，轻啜一口，芳香馥郁，清新透体，你是否品出此时的心境？

人有万象，茶有千面。真正的好茶经得起热水的考验，真正有品质的人同样也要能承受尘世的侵蚀，眼明心清，保持一份初心。

夜幕降临，茶席终归要散，孩子们依依不舍，我便朗诵了一首郑板桥描绘家乡谷雨茶的《七言诗》，让他们各自回家背诵。

不风不雨正晴和，翠竹亭亭好节柯。

最爱晚凉佳客至，一壶新茗泡松萝。

几枝新叶萧萧竹，数笔横皴淡淡山。

正好清明连谷雨，一杯香茗坐其间。

雨一直没有完全停歇，时不时从云中钻出来，俏皮地划过天空，消失在屋顶、田野、湖面、街道。风却是累了，停下了奔袭的脚步，只缓缓地摇晃起被雨水洗得碧翠的垂柳。

谷雨，雨生百谷。江南的故乡，正是播种插秧的好时节，布谷鸟悠扬的啼声，将满山的杜鹃唤醒。谁家早早升起袅袅炊烟，谁家挂在屋檐下的蓑衣犹自滴下清凉的水滴？

谷雨之后，就是立夏了。

商务礼仪

公司的工装是西服，工作时间对着装有着比较严格的要求，如此一来，上班时间自己的衣服没有了发挥空间，对于买衣服的热情，立马大打折扣。

工作之余，穿着也就随意了许多。

有次与几个同学朋友小聚，我一时找不到合适的衣服，干脆就穿一身西服去了。朋友见了，笑话我说，来喝个茶你穿这么正式，是有大生意要跟我们谈吗？虽是玩笑，但也让我反思良久。

在你的气质里，隐含着你读过的书、爱过的人、走过的路、穿过的衣服，而衣服是最为显像的因素。衣服穿对了，能很好地彰显和助长自身的气场。会穿衣服的人，在任何场合都会让人感觉舒适、得体、自信而富有魅力。

那次回来后，我赶紧抽空买了几件商务休闲服装。

又有一次，我在外地参加一个会议，早餐后时间还比较宽裕，就去看了看会场。几位会议领导凑在主席台下闲聊，清一色的运动鞋、休闲夹克。

原本准备了衬衣西服的我，看到这情景，心里有点打鼓。若他们都是休闲服，我一个人西装革履的，在台上坐着会很突兀吧？

这么想着，就打消了回房间换衣服的念头。虽然T恤在空调下有点凉，但好歹也算商务休闲款，就这么穿得了。

当主持人宣布会议即将开始，请大家就座时，我瞄准自己的位置从容坐下去，扫了一眼台下黑压压的会场，凝神屏气，挺直腰杆。

这时似乎感觉总有点不对，我微微侧头，用余光看了看两边的人，才明白问题所在，后背一股冷汗冒了出来！

原本身穿休闲夹克的几位领导，此时把夹克脱了，清一色的白色衬衫，端坐在主席台上。至于运动鞋，桌前的帘子遮住了，台下根本看不到！

于是，在一溜白衬衫之中，我的蓝白条纹 T 恤成了独特的风景！

穿衣不当这件小事，让我整场会都不太自在，那种感觉很折磨人。这份尴尬也提醒我往后不管别人怎么穿，我都尽量穿得正式一点。

公司会定期开展员工大讲堂活动，大概一个月一期，内容包括中央会议精神贯彻、公司战略解读、健康知识讲座等。

入冬不久的总部员工大讲堂，公司请来了专业人士讲解商务礼仪。

"男士的手表是用来干吗的？有没有穿白袜子的？西装该扣几颗扣子……"老师一连串的问题，下面的回答五花八门。

原定两小时的课程，讲了三个半小时，其间欢声笑语穿插着掌声，老师声情并茂、生动活泼的讲课风格深受大家喜爱。

恰当的打扮、得体的谈吐，常常能赢得别人的尊重，但到底什么才是恰当得体的标准？

工作生活中的礼仪知识，大概来源于领导、同事、朋友的口口相传，即使上网去查，也少有完整准确的相关知识，但这些小细节，却是我们时时刻刻可能碰到的、可能被忽略的。立志打造受人尊敬的国际化公司的公司总部员工，接受一下国际通行惯例商务礼仪的熏陶，实在是非常必要的。

整个培训下来，我至少明白了衣服不能乱穿，领带不能乱戴，热情不能乱表达……其间，培训老师邀请了帅哥美女上台配合，原本大家觉得已经完美的穿着，被老师指出了不少可以改善之处。

比较而言，平常自己的穿着打扮，包括行为处世，有太多的不足，冷汗涔涔之余，暗暗记下一些常见的礼仪。

虽说人不可貌相，但是，对于并不熟悉的人，最初始的印象，恰恰来源于穿着打扮、言谈举止。如何恰当地展示自己，实在是一门大学问。

"商务礼仪，可以提高个人的素质，帮助你建立良好的人际沟通，维护个人和企业形象！"老师说。

直到下班半小时后，培训才结束。众人起身，纷纷整理装束，往外走去，一个个腰杆比平时更直了几分。

习
惯

圣诞节，正好是休假第一天。

习惯了每个工作日在闹钟响时起来。即便休假了，闹钟响起，思想斗争了五分钟，还是起床了。

送完小枕头上学校后，我又睡了个回笼觉，期盼已久的睡到自然醒却没有如愿。当阳光透过窗帘晒在被子上，我从睡梦中醒来，满头大汗。

时间已近中午，我却并不想动手烧饭。起来煮水泡了一壶茶，看着水汽从壶盖上升起，脑海里习惯性地搜索着今天有哪些事需要做。

如此挨到午后，简单吃了点东西，我还是出门去理个发。小区的理发店迟迟没有开门，只好骑车沿着金沟河路找过去。当红绿灯闪烁，"木涵"两个字突然从脑海里冒出来。

以前嫌那里稍远，且每次都要等很长时间，我总是随意找小店理发，今天这么空，那就晃荡过去罢了。

店面还是原来那样，服务员热情迎上来，问有没有熟悉的造型师。我思索了许久，还是没想起来给我理过几次发的那个小伙的名字。

"大彬老师，您现在空吗？"服务员问从里间走出来的小伙，一边又向我介绍，"我们大彬老师水平是最高的，不过他理发有点贵。"

好吧，这个西装革履的小伙，正是之前给我理发很多次的大彬。

大彬在店里应该是元老了，很快给我安排了洗头，然后亲自给我理发。

"您好久没来了吧？"大彬一边请我就座，一边将工具取出来放在镜子前面的小台子上，"现在我理发涨价了。"

我从镜子里看了他一眼，微微一笑。

最近很忙吧？平常去哪里理发啊？他热情地找各种话题。见我闭上眼睛，才不再说话，专注地理发，动作轻巧娴熟。

"白头发有点多，需要染一下吗？"他终于还是问了。

良久，"算了，顺其自然吧。"我定定地盯着镜中的自己，声音低沉。

两鬓斑白曾让我很是不安，甚至不敢凝视镜中熟悉的陌生人，但慢慢就会习惯吧。

告别大彬，我径直去了学校门口。

刚停好自行车，一队一队的孩子们已经从校门口走了出来。当我还在人群中寻找小枕头的身影，祺祺却拉着他跑了过来。

"叔叔！"祺祺笑得很甜。

然后，我被身后的老范拍了一下。

"爸爸，你怎么来了？"小枕头却并没有惊喜的样子。

我总在想每次同学们在放学的时候，都是被家长接走，而小枕头却是被托管班老师接走的，他是否也会羡慕别的孩子呢？于是我才决定在休假的几天要让他感受一下放学就被接回家的感觉。

"我们去哪里呀？"坐上自行车后，他还在问。

"回家写作业，然后吃饭，然后送你去合唱班。"我把计划告诉他。

"啊？"他冻得通红的小脸上写满了失望，"我还约了好朋友一起玩卡片呢……"

"那我们早点吃饭，早点去托管班，好吗？"我问。

"好吧，那你骑快一点。"他有点失落地说。

他也许不知道我更加失落吧？不过也可以理解，三个学期了，他习惯了放学后与托管班的同学一起游戏、学习，现在我打乱了他的计划，他不太习惯罢了。

晚上送他去合唱班时，街灯已经明亮，等他下课的间隙，我就近找个地方坐坐。

大厦门口十几米高的圣诞树闪烁着五彩光芒。

坐在略显冷清的肯德基里，我点了一杯咖啡，无所事事地瞪着窗外发呆。

今年的圣诞节明显没有了往年的气氛，甚至在朋友圈、微信群里，都不再热闹了。提倡中国传统节日对洋节的影响，还是非常明显的。习惯了在各种节日里送上祝福的人们，在发送消息时，可能也感觉到了这种寥寥，也会有怪怪的感觉。

不过回想从前，大家也没有过圣诞的习惯，没有过"双11"的习惯，都是慢慢习惯的。而习惯养成，会形成一定的惯性，即便是改，也是需要一个过程。

比如我习惯了喝茶，此刻喝着香浓的咖啡，越发觉得渴，越发想用紫砂壶泡上一壶红茶。

比如你习惯了在开心或不开心的时候想起一个人，越是想躲避，越是挥之不去。

比如喝着咖啡的我，坐不了十分钟，就习惯性地打开电脑……

大连的天空

　　早在 20 世纪末，全国上下就开始企盼北京奥运会了。当几年前申奥成功的时候，举国欢腾，人们像过节一样奔走相告，全国各地竞相举办各种庆祝活动。

　　当时间的脚步慢慢迈向这一刻，人们早已迫不及待地四处忙活谋划怎样度过这次盛典了。每一个人脸上都喜气洋洋。

　　这是 2008 年。

　　春节让人脸上抹了层厚厚的泛着光的油水。沐浴着春天里和煦的阳光，碰面的路人都会点个头，微笑得如家里有喜事的主人。

　　到大连出差真是让人兴奋。事情很快就办好了，向单位发了电子邮件后，我轻装走上大连的街头。

　　早在大学的时候就差点来到大连。班上有一个大连的同学，叫于成刚，玩得很好，性子也相似，便约好了暑假去他家，一起去沙滩拾海菜。可惜当初因为他忙出国的事而没有成行。

　　"跟成都可不一样，在大连，你出去时头发是什么样回来还是什么样。"他这样跟我形容大连的空气好，在街道上看不到什么灰尘。

　　"尤其你在晚上出去……"他那么自豪地描绘大连的夜景。

　　于是我特意等到这个时候，天刚落下帷幕的时候出来。各色的灯光已经早早将整个城市披上了又一件亮丽的衣裳。我没有联系老于，他正奋斗在事业的前线，忙碌而充实。

我只想一个人静静地走走。

广场的边上，居然有卖烧烤的。闻着味儿，我便咽了几口口水。

这里的烧烤主要是海产品，海虾、鱿鱼、带鱼，品种很多。汪滴在火红的木炭上冒起浓浓青烟。我拿起刚烤好的鱿鱼，一边吃一边瞧着老板熟练地翻动着钢丝架上的菜。

"多放点辣，"我跟老板说，"我不怕辣。"

"好嘞，哥们！"

"老板，给我来两串鱿鱼。"一个清脆的声音响在我身边。

"好的，您稍等。"

我的脑袋嗡地响了一下，吃进喉咙的鱿鱼卡住了，顾不得理，我转过身来。她恰好也侧身看我。

"是你啊！"她猛地向后仰了仰头，眼睛还是那么大。

我拼命将卡住的鱿鱼咽了下去，辣椒呛得我剧烈咳嗽。

"吃那么快干吗？"她走过来，很自然地帮我捶了捶背。

我抬抬手示意没事儿，自顾咽了几口口水，才缓过气来。站在她面前，看着日夜浮现的这张脸，一时找不到语言。

她成熟多了，眼睛里少了从前那调皮狡猾的神气，多了几分坚定，却仍是那么水汪汪地转，泛着越来越多的泪光。

"老妹，你的鱿鱼好了！"老板在旁边喊。

她飞快地转过身，接过用餐巾纸包了的鱿鱼。转身的一刹那，她的手不经意拂过发际，擦去了眼角晶莹的泪滴。

"我来付！"我按住她掏钱包的手。

她微微挣扎了一下，将手从我手中抽走。

"你还是那么坚持。"她看着我付了钱，也不吃手里的鱿鱼。

"不坚持，申奥就成功不了！"我打趣说。

彼此为什么会在大连都已经不再问了。我们如天天见面一样，随意地聊着天，并排着慢慢走在灯光烂漫的街头，漫无目的。

我吃完了手中的烧烤，两手油油的，正要去拿餐巾纸，她却递过一串鱿鱼来。鱿鱼烤好了她一直拿在手上。我看她一眼，便接了过来。从她眼里，我仍看不到任何信息。

"这串你也一起解决吧！"她在我吃完时又递了过来。

她掏出纸来擦了擦手，又递给我一张。洁白的纸泛着淡淡的香味。

"是啊，申奥都成功了，也马上就要举办了。"她突然说。语气里没有多少感情成分。

路边上有三五成群嬉闹着的孩子，也有老老少少缓缓而行的一家子。

这时候已不能说太多话了，我们靠得很近地走着。我不知道自己会不会在哪个时刻、哪个路口牵起她的手，或是一直就这样走下去。她不时将褐色的挎包从一个肩头换到另一个肩头。

一个红色的身影飞快飘过我身旁，"嘎"的一声停在我们面前，脚下的单排旱冰鞋在路上磨出火花。原来是个小女孩，十二三岁的样子。她微笑着把手里的红玫瑰抽出一枝来斜插在她的外套衣扣间。

"叔叔，阿姨真好看！"小女孩一直微笑着，自信而狡黠的目光却是盯在我脸上。

她默默地拔出玫瑰来，捏在手里，细细端详，也不看我。

"谢谢你，小妹妹！"我从皮夹里抽出一张钞票来递给她。

"谢谢叔叔，谢谢阿姨！祝您二位……"

"行了行了小妹妹！"我挥了挥手，紧张地看了她一眼。

再往前走时天色已是深黑，一盏盏灯相互交缠着从夜的天空里割出一片明媚的世界来。我定定地看着她手里的那枝玫瑰，也看着她。

她终于看了我一眼，歪了歪头，径直向前走了。我哑然失笑，快步跟上她，快要靠近她时，她刚好回过头来，调皮地笑了笑，大眼睛扑闪扑闪。

这时一辆白色奔驰"嘎"的一声停在我们旁边。

玻璃窗降下去，驾车的男子西装革履，满面笑容地探出头来向这边招手。我的脑袋又嗡地响了一下。这阵子在外面大概是不太适应吧，老睡不好觉。

她悄悄地看了我一眼。

我已经无法给出任何暗示了。同六年前在前往四姑娘山的路上一样，我给出的信息也不会有满意的答复。

"幺妹！"那边在开始急切地呼唤了。

"我……过去一下。"她轻声说。

也许我的眼神给出的是怨、是恨、是悔、是无能为力的信息，让她觉得离开是一件残酷的事情，她才多了一分内疚？

然而她还是走过去了，慢慢地擦过我的肩，飘起的长发由我鼻尖一滑而过，留下点点清香。

我闭上眼睛，觉着周身疲软。抬头吸了一口气，为何清洁的大连夜空也是苦涩的气息。好想就此下场雨，洗洗身上的灰尘。

当初老于说得有点夸张了，这里的空气中还是有灰尘的。

车门开了，车上扑下来一个三四岁的小男孩，直钻入她怀里，亲昵地捏着她的鼻子。她将挎包和玫瑰都塞进车里，双手抱了小孩深深亲了一口，又在他屁股上拍打了几下。驾车的男子忘情地定在那里看着他们打闹亲热，笑容像长在他脸上似的。

又一次品尝被人遗忘、被人抛弃的感觉，心底的反应已不如几年前那样强烈了。当年她推说时机还未成熟只是借口，或是委婉的拒绝。

经历了要不要过去打招呼的斗争之后，我转过身，双手插在裤兜里，慢慢地独自朝前走了。转身的一瞬间，视线扫过她与驾车男子拥抱的场景。

我还是要心慌，如多年前一样，没来由地心就慌了。

街上的汽车那么多，噪声那么大，耳朵里一直嗡嗡嗡地响个没完，两边的路灯那么亮，照得我想找个暗点的地方歇一歇都不能。街边店里的光是那么妖艳，让人有种想犯错误的冲动。

现在的年轻人真是没礼貌，好几个人撞到了我没一个说声对不起的。甚至白了我一眼，丢过来一句没头没脑的话。

"哥们你走路不长眼睛啊？"

"你不是在梦游吧？"

"……"

我置之一笑，继续轻飘飘地朝前走。头有点晕，脚没有力，认不得路了，看来这次得叫辆的士了。

手刚刚抬起来，身后就嘎的一声响了。

"现在的出租车真是服务周到，这么快！"我在想。

"你不想活了？"原来是辆面包车，车上的人探出头来恶狠狠地盯了我一眼，旋即飞驰而去。

"去你的！"我撇了撇嘴，再随意挥了挥手。身后又是嘎的一声响。这回我先冒火了，我明明是朝对面的的士招手的。

"你……"话还没骂出就硬生生被我咽了回去。

停在身后的是那辆白色奔驰，车里面没开灯，借路灯的光亮可以看到她抱着小孩坐在后排座上。打开车门，下车的男子笑容满面，老远就伸出手来。她隔着玻璃冲我笑，怀里的小孩做着鬼脸。

手被紧紧握住，摇了又摇，说的什么全没听进去。自己伪装的笑容像是能蒙混过关。

不知怎么，我就已经坐在车上了。

"都怪你，一声不吭就走了。"她见我一坐定就埋怨起来，"刚才停车被罚了二百块。"

"你走在马路中间很危险的哦，你知不知道？"小孩在一旁帮腔。

我嘻嘻地笑了，没当回事。

"来，海海，过来叫叔叔。"她抱着小孩转过脸来。

小孩好可爱，胖嘟嘟的脸，大眼睛特别亮。

"叔叔好！"他伸出热乎乎的小手来，捧了我的脸就亲了一口。

"哈哈！这海海跟谁学的呢？"她笑着拍了一下小孩的脑袋。

"是你带坏的吧！"前面驾车的男子回答。我忘了刚才他告诉我他姓什么了。

"不是该叫干爹吗？"迟疑了很久，我终于有勇气说出这句话来。他与他们的亲热劲儿让我彻底泄了气，心里反而更安定了。

她笑得趴在前面的靠椅上，捶着前面男子的肩，男人回头看了我一眼，也笑开了。

我脸上长了花吗？我想。他们真是不知所谓，懒得理他们。

"他说要我叫干爹啊，爸爸！"海海冲前面的人喊。

他果然是他的儿子！怪不得这么像。最要命的，是他有着一双和她一样大而深邃的眼睛。

大学刚毕业出来工作的时候在 QQ 上遇到她，她就说我该把握机会在离校时送她回家的。"我也这么想，但是我怕你爸妈哦！"我这样解释，"以后还会有机会的嘛！"

"有的，肯定会有的！"也不知她是安慰我还是……

"但是我还是怕到时突然从里屋蹦出个小孩来叫叔叔。"

"不会，不会的。"她打趣我，"会叫干爹！"

"最好是长得像我！"我回敬她。

"不可能的！"

"谁知道呢！"

是啊，谁知道呢？可眼前却真是有个小孩突然蹦出来叫叔叔。当然，他不像我。那么他该叫我干爹吗？

"那你就叫呗！"前边的男子打断了我的思路。他今天好像捡了钱包似的，嘴巴抹了蜜似的甜，"那样又多一个人疼你了哦！"

"干爹，干爹！"海海已经在叫了。

"海海好乖哟！"我向来喜欢小孩，尤其是三四岁的。当然，特别爱哭的除外。

"人家都叫干爹了，你送点什么见面礼给人家啊？"她在一旁兴高采烈地说。她这一帮腔，小家伙越是吵着要。

"行，礼物没问题！干爹就送你一艘航空母舰，怎么样？"我想起白天在市里买的一架模型。这么可爱的孩子，做干爹就做干爹吧，像谁都无所谓了。

"好啊，好啊！"小家伙拍着手又扑上来"咬"了我一口。

"不过有个条件，"我把他抱过来坐在我腿上，"我先出个题目考考你，答对了才有！"

海海不说话了，静静地盯着我，没有不高兴也没有任何其他信息。多么熟悉的眼神啊！我的心不由得一抽，赶紧移开目光。

出什么题目呢？他才上幼儿园吧？算术？语文？英语？都不合适。在一个不谙世事的孩子面前，从题海应试教育下走出来的我，要找一个考他的题目也是那么艰难。

"为何不问他妈妈是谁呢？"我想。她就在身旁，事实好像已经在眼前，但我仍不肯死心，好多年没联系了，我脑海浮现的仍是大学时代她的影子。

应该问吗？我又这样问自己。

"干爹，还是我出个题目考考你好不好？"海海突然开了腔。那神态活像个小老师，板着小脸蛋。

我愣了一下。她和前面的男子又笑出声来。

"行啊，海海这么厉害！"我也笑了，"你出吧！"

"如果……"小家伙左手叉腰，右手一指下面，"地上有两张钞票，一张一百的，一张五十的，你捡哪张？"

说完了，他歪着脑袋，等着我回答，真是可爱的小东西。

"当然是一百的啊！"我根本就不用思考。

"错啦错啦！"海海跳起来，头差点碰到车顶，"如果我是你，就两张都捡！"

这回我是真愣住了，旋即轻拍了一下海海的脸："鬼东西！"

我们都笑开了。她又趴在车座上，笑完了径直跟前面的人聊天，全是四川话，我也懒得去听，逗着海海一会儿笑一会儿闹的。我笑得眼泪都流了出来。

街灯在窗外一晃而过。

当车停下来的时候，我惊奇地发现，竟是到了我住的旅店。看着我狐疑的目光，她笑着摊了摊双手，可能因为刚才说笑，脸上泛着红晕。

"去拿你的行李！"驾车的男子说。

我迟疑了一下。

"去拿你的行李，上我家去住！"他又说了一遍。

当车再次停下来时，我们到了一片居民小区楼下。

一身宽松睡袍的少妇开门站在门口。当她帮驾车的男子理了理额头上的乱发时，海海叫着"妈咪"，扑到她怀里。

当我们弯腰下去脱鞋的时候，她在我耳边轻轻说："我表嫂跟我表哥感情很好的！"

大连的天空，真的很好。尤其是初春的夜晚。

鹊桥一梦

1

杀死爱情，方得始终。牛郎晃了晃手中的空酒瓶，脑海里冒出这句话。再要说时，眼皮一沉，栽倒在木板床上，跌入无穷无尽的梦里。他分不清梦境与现实，游走在虚无缥缈的某个时空。

他是在一次大型学术交流会上见到她的。

当时一身职业裙装的她亭亭玉立地站在讲演席上侃侃而谈，靓丽的容颜和淡然的神情，瞬间揪住了他的心。他偷偷混到最前排边上的位置，目不转睛地看着台上轻舞飞扬的身影。

是的，轻舞飞扬！他感觉她不是在讲演，而是化成一道幻影翩翩起舞，背景是十里桃花。

她的声音好听。那是真好听！如玉珠坠盘，如雨打芭蕉，如梵音入耳，直透心间。

他想到之前看过的一篇小说，主人公就是在这样的场合看着台上的女人，心里有种强烈的预感——"她会是我的女人"，最后真的应验了。"她是我的女人，她是我的女人……"他禁不住心尖颤抖，呢喃道。

讲演结束后，他差点忍不住冲上去对她说"我想和你做朋友"。不过他很快鄙夷自己这样的想法，默默地望着她款款走下台，安静地回到会场右前方的座位。他注意到了她周围的几个男士殷勤地跟她打招呼、交换名片。

明晃晃的太阳照得他睁不开眼。木屋外小鸟嘈杂，狗蛋带着妹妹猫蛋在院子里做百玩不厌的过家家游戏。牛郎曾听人说"睡一觉就是明天"，可他怎么感觉睡了一觉却回到了昨天？

他清楚地记得那天冒充领导向会务组要所有人的联系方式，很快在里面锁定了她的信息。

陈芝，好听的名字。

陈芝，织女？织女，陈芝？牛郎拍拍脑袋想从床上爬起来，可浑身软绵绵的，没有一丁点力气，索性又倒在床上。

"我不是因为偷看织女洗澡才认识她的吗？"宿醉让他的思维开始混乱。

书上都是这么说他们的：织女偷偷下凡，想体验一下民间的生活，却在河里洗澡时被牛郎偷看且偷去了衣裳，没有了衣裳的织女就会失去法力，无法回到天上。况且入乡随俗，女人被一个男人看了身子，就是他的人了。于是她半推半就地做了牛郎的妻子，过起了日出而作、日落而息的日子。

仙女自然是在天上受世人朝拜的，牛郎从未想过有朝一日能与天上的人朝夕相处，即便是借着窗户透过来的月光，看着安然入睡的那真实温热的身子，他还是不敢相信自己的眼睛。他不止一次掐自己的大腿，没多久大腿上已是瘀青满目。

狗蛋跑到床前来催牛郎起床，他萌萌的样子，眉宇间像极了织女。

"妹妹饿了。"狗蛋说。

这一点他不像他娘。织女向来喜欢把什么话都摆在明面上说，不憋在心里。

小兔崽子弯弯绕绕，自己饿了非要说妹妹饿了，这点大抵是牛郎自己遗传的。想到这里，他的心里就隐隐发痛。

不是这种性格，也不会到如今的地步，织女还是黏在他身边，等着他宠爱。

好女人是宠出来的！虽然她那么优秀，光彩夺目，但是他心底一百个愿意宠她，不怕她骄傲。

织女临别时的话仍犹在耳，"你真的把我舍了吗？"

说这话时她刚收拾好自己的行装，其实也就是很小的一个包袱 几件小物件，说是留个念想；这人间，她来过。

狗蛋拉着猫蛋泪眼汪汪地站在角落里看着这一切。

牛郎耷拉着脑袋，生闷气。心想：我的心意你难道不知道吗？这么白痴的问题也问。

可是他知道她是仙女，她不属于这里，一方面他惊奇地发现，日子原来可以过得这么美，患得患失地想今后如果没有了她该怎么活；另一方面想，她回到天庭会有更加美好的生活，害怕自己给不了她幸福。

她终于还是走了，留下一个哀怨的眼神。那眼神让他之后无数个夜晚从噩梦中惊醒，满身大汗，身体像打摆子般抽搐。

生火做饭。

狗蛋倒是懂事，默默地坐在土灶前帮他看着火。猫蛋则一脸期待地看着牛郎不断揉捏的面团。

"我最爱吃娘做的面片片了。"她无比眷念地说。

"猫蛋，别乱说话。"狗蛋看他神色一变，忙对妹妹说。

他沉默不语，将小面片一片一片丢进锅里。

织女发明的这道美食，即使揉面和丢面片，他都觉得那是在舞蹈，她的一举一动，都在诠释世间的美好。而做出来的面片，爽口筋道。洒点醋，泼点辣椒油，百吃不厌。

她就是一个能把生活过到极致的人。

原本他固执地以为追求完美的人会很累，后来才发现，有一种东西叫作天性，她天性唯美，流畅自然，并非做作。就算是栽花，在满是泥土的院子里，她一样能保持优雅，点点泥星溅在雪白的衣服上，更添了一份真实的美。

他就拉着狗蛋和猫蛋坐在大长板凳上，静静地看着她，直到西天的太阳点燃了晚霞。

　　锅里的面片咕嘟咕嘟响着，他想起那时她非要逼着他吟诗。
　　当时他搜肠刮肚吟了一首《美味四季》：

　　　　　　　萝卜未老

　　　　　　　静候春姑娘

　　　　　　　五花肉白菜豆腐

　　　　　　　棒骨浴鸳鸯

　　　　　　　夏日骄阳

　　　　　　　新椒莲藕豌豆香

　　　　　　　螺丝龙虾对米酒

　　　　　　　子鸭烧嫩姜

　　　　　　　秋风推麦浪

　　　　　　　山药玉米南瓜汤

　　　　　　　虾肥蟹黄满

　　　　　　　黄酒一盏临江

　　　　　　　雪扑大地

　　　　　　　百草萧萧飞鸟藏

　　　　　　　腊肉圆子

　　　　　　　蒸香肠

　　听了这所谓的诗，织女笑得前俯后仰，差点一头栽到大铁锅里。牛郎顺手扶了娇羞的美人，在狗蛋诧异的目光中走进里屋。

2

面片还吱吱冒着热气，狗蛋和猫蛋已经迫不及待地捧着大海碗往嘴里扒拉。

回想那段被织女逼着作诗的日子，也是趣味良多。她是天生的诗人，日常琐事，经她娓娓道来，全是诗情画意。牛郎不得不多读了三五本书，以不至于显得太无知。

他也偷偷写一些小诗，趁她不注意，放进她的梳妆盒里。她每天早起和睡前都会整理妆容，即便是随他一道去开满蒲公英的地里挖野菜，也要把自己打扮得漂漂亮亮。

有天她非要陪他喝酒，终于两个人都喝多了，和衣倒在堂屋的竹椅上。

半夜醒来，他诗兴大发，吟诗一首：

阳光爬满小木屋

小鸟扑进大树林

一壶老酒

醉了良人

误了良辰

飞起两抹嫣红

醉了郎心

一汪秋水

几许娇嗔

潮湿了梦境

红尘多少束缚

天庭是否清静

只留青山锦绣

辽阔草原

水中长城

不愿醒

你看那云

如梦

如真

当她发现这首小诗时，激动之情溢于言表，立马给了他一个湿吻。她从来都是一个激励及时的人。这样说来，她在天庭任区区一个纺织工确实太屈才了。

天庭清静，天庭真的清静吗？他不知道，她从来不给他讲她在那边的生活，也许有苦有乐吧。若是没有苦，乐又有何意义呢？

织女走后，日子变得狼狈不堪，光是照顾狗蛋和猫蛋的一日三餐就让牛郎手忙脚乱。

好胜的性格让他强撑了下来。好在现在狗蛋大一点了，能帮着照顾妹妹，他脸朝黄土背朝天的日子终于看到了一丝曙光。

孩子的心很容易满足，即使偶尔追着他哭喊着要娘，很快也会被好吃的食物和好玩的物件吸引。

夜深人静的时候，他会悄悄爬起来，站在院子里，抬头望着那一汪明月，思念着把心填满的那个女人。

山上的枫叶红了，天气转凉，不知天上是否也有四季轮回，天寒的日子里，爱美的她会记得加件衣裳吗？她还会记得那次游红叶岭时，自己为她写的那首小诗吗？他是一直记得的，因为她娇羞的样子，像极了微微颤抖的红叶。

明媚秋阳正盛

云淡气清新

欣欣脚步

少歇流连攀登

蜿蜒长城

割山峦成画

叶如蝶

熙攘雀跃

诉说秋风冷

才望它一眼

便红了脖颈

近身凝望

更引娇声一片

瑟瑟枝后隐

数树遥相呼应

火了红叶岭

堂屋角落里，织布机上还铺着没有织完的真丝布料。

那是织女的心血。真的是心血。

自从来到凡间，与天上的联络逐渐削弱，为了改善捉襟见肘的日子，织女决定向天庭的姐妹索取锦绣织布的图纸和工艺。

与天庭取得联络耗费了织女大量的精血。在那个静寂的夜晚 他听到她悄悄爬起来进了西厢的屋子。他躲在门后，看着头上升起缕缕白烟的织女，一时目瞪口呆。

一幅幅图案映射在墙上，美轮美奂。当最后一幅图案完整地呈现出来，只听"哎哟"一声，织女嘴角溢出鲜血，倒在地上。

笨拙的牛郎也学会了织布。清晨，他们一起去山林收集野蚕丝茧；午后，他们一起按照织女写下来的方法把它们泡在药汁里；傍晚，他们把抽丝剥茧得来的一卷卷丝线摆在木架上。

那些日子，织女不再顾虑仙女下凡不得动用法力的禁忌，挨着牛郎，飞天而起，寻遍了大山名川，峨眉秀，华山险，戈壁苍茫，南方水巷，都留下了他们的足迹，还有欢快的笑声。

幸福的日子过得出奇的快，只是让牛郎莫名不安的，是他发现织女经常偷偷吃一种红色的小野果，他叫不出名字。

"娘子，你没事吧？"他若无其事地过去揽住她的肩，她的肩消瘦。

"没事，相公。"她仰头展颜一笑，明眸皓齿。

"这些日子辛苦了，你要多保重身子。"他心疼了。

"不必太担心我。相公居山川之要，立百水之源，当有大爱，爱河山大地，爱天下苍生。"织女正色道。

哦，好吧，又到了织女说教的日子。

每个月总有那么几天，平日里和善可人的织女正襟危坐，讲些让他听得云里雾里的道理。他虽不理解，但是坚定地认为织女说的肯定是对的，听得懂的点头，听不懂的暂且记在心里，日后慢慢琢磨。

是夜，如往常一样宽衣就寝，"相公，我想给你生个猴子。"织女的声音低不可闻。

什么，生个猴子？牛郎大惊失色。仙女与凡人真的会生出猴子吗？想到那种浑身毛毛、火红屁股、嗷嗷乱叫的生物，牛郎变得惴惴不安。

"瞧你那傻样。"织女在他腰间掐了一把，"我的意思是孩子。"

3

陈芝也说过要给他生个孩子。

骄阳似火，在板栗树下的石凳上，两个身子越挨越近，只听滋滋滋电火花闪起，四片比骄阳还要火热的唇便贴在了一起。

此前他们很多次相见，都是探讨前沿技术、人生百态，偶尔相对的目光，还没等溅起火花，便都移了开去。

傍晚，空气潮湿黏稠，但他心底从未如此酸爽。听着厨房里叮叮当当忙碌的声音，他感觉生活原来可以这么美好。

美好的事物既让人愉悦，也让人伤感。

他想起某个著名诗人写过的一段话：清晨，独自走在路上，前夜的大风，将西城的天空吹得透亮。冰冷的街道，越是干净越是迷茫，越是落英满地越是惆怅。

简约的茶几上摆着几本书和一个褐色的笔记本。他翻开笔记本，娟秀的字迹，满篇都是诗歌。

只见一篇写着某年某月某日，《你的目光》：

> 总在沉寂时
>
> 莫名慌乱
>
> 又在嘈杂声里心安
>
> 是喜欢
>
> 热闹中的安静
>
> 还是
>
> 害怕孤单
>
> 独自成长
>
> 是看不见尽头的阶梯
>
> 必须经历
>
> 而我总是
>
> 希望你在身边
>
> 哪怕只是默默关注的目光

又某年某月，《平凡的世界》：

> 看平凡的世界
>
> 不由追忆
>
> 那青涩的青春
>
> 它那么纯洁
>
> 美好直接

隔窗听雨

冷雨浇不灭

奔腾的血液

抬头望月

繁星点点的天空

刻画多少迷惘

蓦然回首

那时那景那画面

还是那样

"准备开饭啦!"陈芝在厨房喊。

他匆匆再看了一页,只见上面题名《雪人》:

暖暖的手

温柔将我堆砌

我的世界

不再只

一片茫茫

龙眼核 黑的眼

橘子皮 红的嘴

冲着你

冻得通红的脸

舒心地笑

在你眼里

我开始融化

因为你的手

抚上了我的肩

抱紧我吧

哪怕化成

冰水一片

　　陈芝的手艺不错，一个小炒肉、一个凉拌菜心、一个西红柿鸡蛋汤，颜色搭配协调，香气四溢，还没动筷子他就已口水一地。

　　"没看出来你手艺这么好。"他一边吃得风生水起，一边不吝赞美之词。

　　"那是。"陈芝毫不客气照单全收。

　　"你还是个诗人？"他夹了一筷子小炒肉。

　　"啊？"陈芝尖叫一声，"你偷看我的笔记本……"

　　她狠狠地掐他胳膊，那是真掐，疼得他心里直翻腾。直到他答应给她写十首诗，她才善罢甘休。

　　到了交稿的日子，他发给她一首诗。《四季的爱恋》：

　　　　如火的季节

　　　　邂逅灿烂的你

　　　　夏花一样美丽

　　　　映在我的眼里

　　　　秋风起时

　　　　我将无数温暖的瞬间

　　　　编织成一幅图画

　　　　把你安在画里

　　　　冬日寒风冷冽

　　　　我把图画挂在墙上

　　　　每当入夜

　　　　凝望你的身影

　　　　春天来时

　　　　芬芳满地

　　　　我只想

把你从墙上牵下来

拥进怀里

　　诗歌发过去后久久没有回应，直到二十分钟过去，她才回过来一首诗，没有题名。

一脸坏笑的样子

飘忽的眼神

压制不住紊乱的喘息

假装不经意

指尖划过我的腰际

圆圆的月儿升起

公园回归静寂

灯光渗入清新空气里

你突然将我抱起

夜深人静

星星躲进云里

睡梦中

你很讨厌

明媚阳光爬上窗台

树上小鸟叽叽喳喳

楼下嗡嗡嗡的割草机

吵醒了睡眼

心总无法平静

你！你！你！

　　良久，两人都没有说话。直到深夜，互道晚安。

　　第二天，平常酒量惊人的他，被两瓶江小白放倒了。醉倒他的不是酒，是酒瓶上短短的两句话。

他颤抖着手掏出手机，飞快地给陈芝发了一首诗。

举杯

不举，举杯

你是谁

我是谁

你是谁的谁

别拉着我

让我醉

清醒时

不敢面对你的

柔情

你的妩媚

听过你的故事

领略你的美

夜，已黑

远远注视你

不敢尾随

怕你担心

怕你累

快点醉

让我醉

醉梦里

将所有束缚抛却

细看你的眼

你的眉

掬一汪安详的时光

看花儿怒放

截一帘春水

让心儿飘荡

任世事轮回

陈芝的回复很快，短短两秒的语音。

"王八蛋，我要给你生孩子！"她哭着喊。

4

果然不同凡人。仙女说要给他生孩子，不到半年，肚子就鼓了起来。

牛郎总是咧着嘴，给坐在浴桶里的织女浇热水，一脸茫然地看着小山般隆起的小腹。"我要做爹了吗？"他一遍一遍地问，又像是自言自语。

本就把织女宠得不得了，现在这种情况，更是捧在手里怕掉了，含在嘴里怕化了。

即便是织女嗲嗲地说"相公我想你了"，他都拼命控制住自己燥热的身心，顶多摸摸捏捏排解一下她不安的情愫。

我想吃龙虾。织女说。

他便撅着屁股在水沟边一蹲半天，钓得小半盆龙虾，采屋后的紫苏煮了，香喷喷、红艳艳。他只在试咸淡的时候吃了两只，其余的，他负责剥，她负责吃，通通进了她的肚子。

末了，满嘴红油的织女在他脸上胡乱亲了一口，他便觉得一天的乏困都消失得无影无踪。

我想吃血鸭。织女说。

他便拿着自制的弓箭，趴在芦苇里一上午，终于射中了一只孤独游荡的水鸭。回家烧了热水，细细地拔去绒毛，把肉剁得碎碎的，采一把后山的野花椒，同收集的鸭血一道大火烩了。流着肥油的鸭肉粘着粉粉的鸭血，能把肚子里的馋虫全都勾出来。

他一个劲儿地往织女的碗里夹菜，"多吃点，你不是只替自己吃．还有狗蛋呢。"他疼爱的目光从未离开她的脸庞。

他固执地认为肚子里怀的是男孩，狗蛋是他早早就给取好的名字，任织女笑话他老土，傻傻地坚持。

等她打了几个饱嗝，他才咽着口水把剩下的鸭肉连皮带骨头一股脑嚼了。他牙口好。

等他烧水洗了碗，织女已经哈欠连天。他忙不迭地打了热水，将她微微浮肿的玉足泡在水里，轻轻地揉，细细地搓。还没来得及擦去脚上的水，她已歪着身子沉沉睡去。他弯腰将她整个身子抱在怀里，吃力地走向床边。

她血热，只需盖一条薄薄的被子；她睡觉不老实，得小心把被角掖到她身子底下。山风夜冷，万一着凉，可就心疼死他了。

她安详地睡了。

他心潮澎湃，守望在床前，久久不肯睡去。

风吹得油灯飘忽闪烁，照着那张唯美的脸庞，越发显得不真实。

他深深地呼了几口气，铺开纸，借着灯光，提笔写道：

默默关注

将你守望

殷切期盼

花开时节

一直在你近旁

山青青树荫凉

瞬间恍惚

人间天上

抑不住心的呼喊

莫离去，我的爱

水汪汪风淡淡

身影荡漾

迷醉你的香

回眸笑 指尖颤颤

发丝拂进我心房

新月如钩

崩塌 挣扎 向往

爱是一种

充盈时空的力量

爱是虔诚的信仰

直冲云霄

夺九天

任你翱翔

隔日醒来，织女已经在院子里转圈。

桌上的纸，墨汁未干。在他昨夜的诗下，新添一段秀气的笔迹。

当沟壑跨越

眼前是一片草原

视野辽阔

花儿铺满

那翠绿的草原

白云停下

匆匆的脚步

蝴蝶飞来

不远万里

疲惫的

荒芜的心

汲满草尖的露水

随着阳光的节奏

升腾成你

傻傻的微笑的脸

时间流淌

已是流连

万千 万千

尘世羁绊

化作无言

躺入草原的怀抱

允你留我

一世缠绵

他呆呆地望着那首新诗，咧开嘴，任泪水湿润了他的眼角。

5

新生儿第一声哭声响起，牛郎终于忍不住泪流满面。

织女虚弱地抬手想要拭去他的泪水，她那张苍白的脸，瞬间转化戎陈芝的形象。

她躺在病床上，腿上缠着厚厚的绷带。

"王八蛋，你给我滚！"她歇斯底里地冲提着保温瓶的他喊。

三天前，他们还兴高采烈地驾车行驶在草原天路上。

路边满眼都是金黄的油菜花和各色不知名的野花，山高云近，山风吹来，犹如仙境。烤羊腿和莜麦面吃得他们胃口大开，晚上不禁梅开二度以消耗多余的能量。

可就在最后一天，一个电话，改变了他们的计划。

单位临时重大活动，他得赶回去写材料。任她怎么说怎么闹，他只是默默地把油门踩到底，飞驰在蜿蜒的山路上。

一个恍惚，来不及反应，车就开到了路基下的沟里。虽没翻车，可不喜欢系安全带的陈芝右腿韧带严重拉伤。

"混蛋，你除了工作，眼里还有其他吗？"她不顾受伤的腿，一把鼻涕一把泪，用力捶打耷拉着脑袋等待救援的他。

班没加成，原本策划旅游归来就求婚的计划也泡汤了，任他低声下气，陈芝就是不瞅他一眼。

"你跟你的材料去过吧，王八蛋！"陈芝把床头的鸡汤摔在地上。

是夜，他独自回到出租屋里，抽了半盒烟，拼凑了一首诗，给她发了过去。

有时候

感觉自己是

一只鸵鸟

高昂着骄傲的头

揣着敏感而又羞怯的心

在一片荒芜中

奔跑

风 让我飘摇

却逃不离

沙漠的炙烤

在某个转角

静躺一弯绿洲

潮湿的空气

翠绿的小草

难掩扑将过去的冲动

喘息

煎熬

离开脚下的沙

会不会消亡

挥舞起笨拙的双翼

能否

像鸟儿一样

飞翔

前行抹不掉过往

当草尖露珠

翻腾出太阳的光芒

向着那片芬芳

纵身一跃

张开翅膀

陈芝那边一点回音都没有，他死死盯着手机屏幕，连"正在输入……"的迹象都看不到。终究是熬不住内心的凄凉和浓浓睡意，他和衣倒在床上。

心好累，梦却并不停歇。他恍惚回到那座小木屋，狗蛋和猫蛋脏兮兮的脸上绽放出天真烂漫的笑容。

"爹爹回来啦！"猫蛋乳燕投怀扑将过来。

伸手将猫蛋嘴角的面渣拭去，他心里涌起无限的爱意。他自然爱狗蛋和猫蛋，也一直深爱着那个给他生了狗蛋和猫蛋，如今却远在天际的女人。

转眼又要到七夕了，隐约感觉山间的喜鹊多了起来。

自从天庭准许他和织女每年七月初七在鹊桥相会，他刻意不去想这个日子，她却如影相随，从未离开他心里。为了这一天的相会，织女付出怎样的代价他不知道，但一定不是一件容易的事。

他渴望期盼，但心间止不住疼痛。

第一年，织女多数的话题都是围绕狗蛋和猫蛋，是不是长高啦，吃饭挑不挑食，有没有生病……事无巨细。只偶尔如水的眸子，望向他，依旧让他心颤。

第二年，织女告诉他自己一切都好，又开发了几项纺织新技术，问他身体好坏，告诫他饮酒要适量。之后更多的还是问狗蛋是不是开始掉牙了，猫蛋读的是什么书。临近离别了，她有意无意地说，有一次她不经意在上面看到村西的李寡妇去他们的小木屋了。"她人好，长得也不赖……"她笑着说。他粗暴地打断了她的话，内心涌起无限的悲伤。

回到小木屋后，他就把家里所有的胡椒面全倒在了屋后的小河里。"狗蛋、猫蛋，下次李婶过来借胡椒面，你们就告诉她我对胡椒过敏，我们家已经不吃胡椒了。"

狗蛋和猫蛋似懂非懂地点点头。

6

明天就是七夕了，这个夜晚注定无眠。就连平日里一向早早入睡的狗蛋和猫蛋，也亢奋地在床上翻来覆去，就是睡不着。他们知道，明天就能见到美丽的亲爱的娘了。虽然小小年纪就比同龄孩子懂事，但谁能阻止孩子对于母亲怀抱的渴望呢。

牛郎还坐在木桌前，油灯将他的影子投射在墙上，拉得老长老长。他把想说的话从头到尾梳理了一遍，却懊恼地发现，无非就是，你过得怎么样，我和狗蛋、猫蛋都好等等之类。

他拿起毛笔，想要写点什么，发现心中纵有千言万语，下笔却不知从何说起。

油灯如豆，像极了元宵灯会上红红灯笼里的烛光。

那年元宵节，他和陈芝兴致勃勃地去看灯会，刚到近前，人山人海的景象让陈芝打了退堂鼓。于是两人折回来，窝在出租屋里抢微信红包。

为此，他还特地填了一词，题为《沁园春·红包》。

时光流水

掐指一算

今日元宵

开手机微信

发发红包

大群小群

仔细找找

土豪好友

闺密蓝颜

谁发大包谁知道

红包来

拼网速人品

一决高下

零钱水涨船高

让战神女神皆失调

盼群内领导

表演任性

这总那长

到底谁骚

几位潜水

神出鬼没

闷不吭声只领包

莫说话

找个好 Wi-Fi

等待吹哨

陈芝看了，鄙视道："三日不见当刮目相看啊，你写诗的水平创历史新低。"

他头也不抬嬉笑说："三日不见没有吧，三日不日倒是真的。"

陈芝啐了他一口，首先红了脸。他的目光这才从手机上移开，望着那娇艳欲滴的脸呆住了。

"洗澡去吧。"还是陈芝先站起来。

钻进温暖的被窝里，他正要行动，她推开他，说："咱们聊聊。"

他哭笑不得，却还是依言停止了征伐的脚步。

"网上说，城市套路深，我想回农村。"陈芝怔怔地盯着天花板，"你说是不是城里生活太累了？"

"城市太闹。"他说，"我前面看到一段话，觉得很有道理。大致意思是，人世间所有的欲望，都在热闹里，所有的沦陷，也都在热闹里。人需要简静。人活到简静，不是没有了烦恼，而是不再自寻烦恼。简静的人，人在书房，心在古刹。相比于无数人的狂欢，简静，厮守的是一个人的热闹。"

陈芝没有吭声。

他以为她睡着了，扭头看时，却见她美丽的大眼睛里，噙满了泪水。

"你怎么啦？"

"我没事……"她摇摇头，闭上双眼，晶莹的泪珠悄然滑落。

他怅然，熄灯入被。一夜无话。

翌日下午，他收到她的短信，"我联系了法学会，下午去面试，我想尝试一种全新的生活"。

他紧紧地抓着手机，直到指节发白，都没能缓过神来。再打电话过去时，那边已然关机。

7

七夕那天，天空晴朗。成千上万的喜鹊聚拢起来，搭起了一道望不见尽头的桥。

八姑是织女的好姐妹，如往年一样，她从鹊桥那头走来，冲牛郎一笑，手中的百合挥向他。一股神奇的力量钻进了牛郎体内。

牛郎将狗蛋和猫蛋一边一个箩筐挑着，他只觉得身轻如燕，走向鹊桥。他顾不得向八姑打招呼，匆匆往前快步走去。倒是猫蛋嘴甜，叫了一声"八姑好"。

不时，脚下云彩越来越密，棉花朵朵翻滚飞腾。

牛郎自然是没有心思欣赏这美景，因为就在不远处的鹊桥上，一道熟悉的倩影正在云彩里散发着诱人的光芒。

"娘子……"只是轻轻一声呼唤，牛郎就哽咽了。

狗蛋和猫蛋无比迅速地从箩筐里蹦出来，投入了织女的怀抱。织女不再淡漠优雅，一左一右搂住狗蛋和猫蛋，鼻涕眼泪飞流直下。

牛郎情绪万千，猛然撕下一片衣襟，咬破手指，奋指疾书。

天空被雨

洗得透亮

风儿吹开花蕾

心爱的人啊

你为何满脸泪水

想紧紧拥抱你

吻上你低垂的眉

不必说

不必问

柔情

已渗入我心扉

人已沉醉

心将碎

那就碎吧

让碎了的心

掺上滚烫的泪水

捏成爱的形象

换你嘴角含笑

舒颜展眉

待三人哭过一阵，牛郎才过去搀了织女起来，默默地将猩红的新诗递给她。刚刚止住哭泣的她，只望一眼那诗，又已哭成泪人。他傻傻地搂着她，不知道伸手拂去她的泪。

"我总是梦见你。"半晌，他讪讪说道。

"我都知道。"她嗔了他一眼，"当我想你的时候，我就会给你托梦。"

能力不同的人，总是有不同的沟通渠道。

"记得你当年总是吃一种红色的果子，是病了吗？天上有那种你要吃的果子吗？"牛郎突然想起来问这件他疑惑了多年的事。

"当年我感觉到天庭已经发现了我的所在，我在人间时日无多，我吃的那种果子叫无心果，吃了能隐藏我外放的仙气，能让他们晚点找到我。"织女解释道。

怪不得她急着要给他生猴子，而且一生就是两个。

狗蛋和猫蛋吵吵着跟织女说话，牛郎只得走到远处和代表天庭监视他们的八姑说话。

"你知道织女姐姐多爱你吗？她为了你甚至不要飞升上仙的机会了。"八姑愤愤地说道。

牛郎愕然。他不懂神仙的境界。

"每一位仙人，都得不停地修炼，在提升到下一个层级之前，都要给自己设一个劫，织女姐姐设的就是情劫……经历了人间此劫，她回天庭就能飞升上仙……"八姑给他解释说，"可是她为了你，放弃了。"

"那她现在怎么样？"牛郎急切地问道。

"她原本想放弃飞升上仙的机会，乃至神仙的身份，与你携手人间，但前提条件是你也得坠出轮回，永世不再为人。"八姑说，"她不愿你为难，放弃了飞升上仙的机会，换来每年与你一聚。"

信息量太大，牛郎有点蒙圈。他蹲在那里，双手抱着头，嘴里念叨着："为什么会这样，为什么会这样……"

相聚的时间总是很快，直到临别时，他仍双眼迷离，嘴里念念有词。

当织女在八姑的催促下，三步一回头，渐行渐远，他才猛然醒悟过来，歇斯底里地喊："娘子，你为何不告诉我？……我愿意……我愿意啊……"

喊声惊得喜鹊四散而飞，鹊桥瞬间崩塌。

一阵翻江倒海般的飞行让他昏了过去。等他醒过来时，他已躺在自家木屋的床上，窗外阳光静好，狗蛋和猫蛋说话的声音清晰可闻。

"娘子……陈芝……我知道了，娘子你就是陈芝……"他低声呼喊着，语无伦次。

正在纠结时，他感觉胳膊被人碰了碰。

"牛总，该您做重要指示了。"有人在他耳边说。

他努力睁开眼，看见主席台下黑压压上百号人，满是期盼的目光齐聚在他身上。

他的跟前，桌签上赫然写着两个大字：牛朗。

他清了清嗓子，朗声道：

"今天的会议，开得很成功，是胜利的大会，是里程碑式的大会。对于后续工作，我提几点要求：

一是高度重视，各单位一把手要亲自担纲；

二是充分认识，要仔细研读、深刻领悟会议精神；

三是贯彻落实，吃透的精神要贯彻到具体的行动中去，要有行动计划，责任到人；

四是确保效果，年底要全方面开展回头看活动，查看我们的工作绩效，总结成功经验，查找不足；

五是奖罚分明，对于贯彻落实不到位的，要在年底考核中体现；对于执行成效显著的，要给予精神和物质双重奖励！"

台下响起了雷鸣般的掌声。

他听不清会议主持人说了什么，抬眼望向窗外，几只喜鹊正在空中追逐嬉戏，远处蓝天白云下的小山格外清晰。